金曜日の本屋さん

名取佐和子

ハルキ文庫

角川春樹事務所

目次

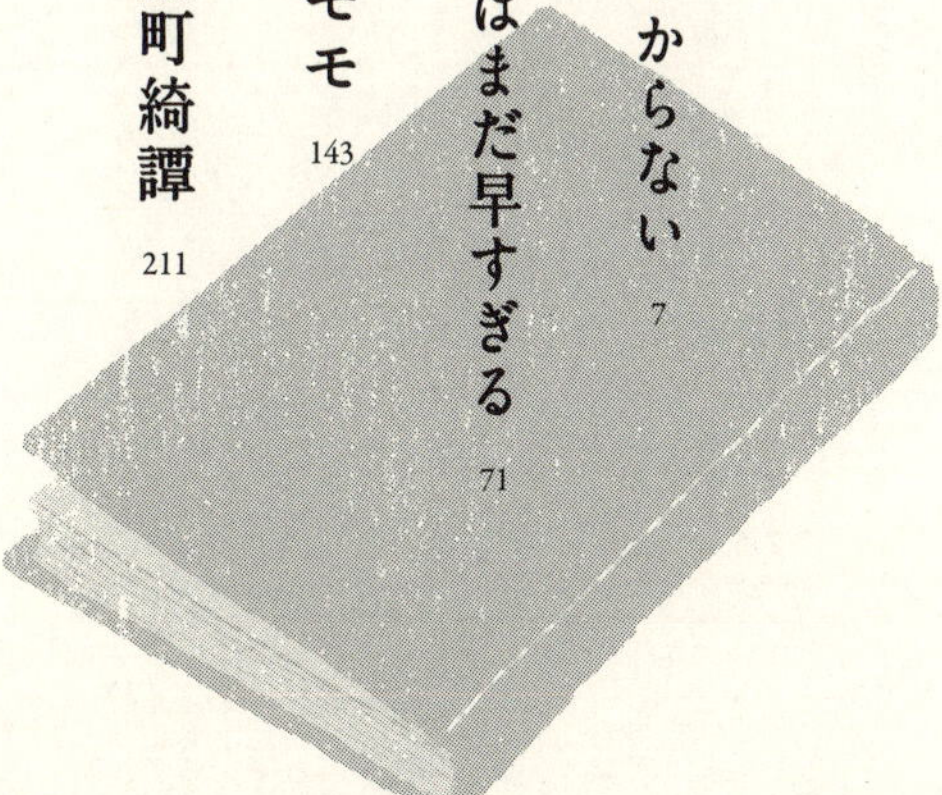

金曜日の本屋さん

本文カット／丹地陽子
本文デザイン／五十嵐徹
（芦澤泰偉事務所）

第1話

読みたい本なんか見つからない

北関東の小さな駅の中にある本屋は、『読みたい本が見つかる本屋』らしい。

一口に「読みたい本」と言ってもいろいろあるだろうが、この場合、その本屋に行けば自分にとって今一番必要な本がおのずと見つかる、というようなニュアンスに思われた。

ネット上でその噂《うわさ》を見つけた時、僕はずれた眼鏡を押し上げ、天を仰いだものだ。

「本当か?」と勘繰ることも、「まさか」と笑いとばすことも、「あるわけないだろ」と怒りだすこともできたけれど、しなかった。できなかった。

僕はただ黙々と検索をつづけて、その駅名と店名を割り出すと、今度は家からその駅までの乗換案内を調べたのだ。


十二時間後、僕はくだんの駅に向かう電車の中で、SNSを眺めていた。

東京を出て、すでに二時間半が経《た》とうとしている。友達や友達の友達や、知り合いや、全然知らないけれど知っていることになっている人なんかの書き込みを読み、リンクされた先の記事を読み、失礼に思われない程度にスタンプやメッセージを残していると時間はあっという間に経つものだけど、二時間半はさすがに長すぎる。広尾の駅におりる階段をオレンジ色に染めていた夕日はとっくに沈んで、空は真っ暗だ。妙にくっきり輝く月が夜の空気の冷たさを教えてくれている。三月になったことだし、と家に置いてきた厚いダウンコートが恋しく思い出された。

「あと三駅」

　僕は眼鏡を押し上げ、自分を励ますようにつぶやく。胸の内をそのまま声に出しても気にならないくらい、車内はがらんとしていた。金曜日の午後八時、一週間の勤めから解放されたサラリーマン達で混み合っていても不思議ではない時間帯だけど、向かいの七人掛けシートは丸々空いている。こちら側のシートも、僕が一人で占有している状態だった。

　僕はＳＮＳで一通りスタンプやコメントの足跡を残すと、代わってウェブブラウザを立ち上げる。検索エンジンに『蝶林《ちょうりん》本線　空いてる　理由』と打ちこんだ。さっそく出てきた結果を見に行くと、どうやらこの路線の利用者のほとんどが学生で、彼らの登下校の時間帯以外は『びっくりするほど乗車率が低い』のが常らしい。『このまま少子化が進めば廃線必至』と勝手に断定しているブログまであった。

「なるほどね」

　僕は眼鏡のつるをいじりながらうなずき、「あれ？」と顔を上げる。電車が停《と》まった竈《かま》門《ど》という駅名に覚えがあったからだ。

「あ、ここがウチの大学の――」

　自分の通う学部のキャンパスが、三年次で東京キャンパスから竈門キャンパスに変わることは知っていたが、まさか『竈門』が、ここまで辺鄙《へんぴ》な駅だとは。

大学のパンフレットに載っていた東京からの通学時間は、あくまで乗り継ぎがスムーズにいった場合で、だけど、こういう土地で乗り継ぎがうまくいくことはまずないのだと、思い知る。

そして、ふと我に返った。

「……あ、でも、どうせ僕は三年に上がることなく休学するから、関係ないか」

身をよじって窓に顔を近づけ、闇の中の景色を見つめる。高い建物は見当たらず、見渡すかぎりの田んぼと大きな看板と点在する住宅が流れていった。線路から近い邸宅の広い庭に植わった一本の木に、白い花がついている。やわらかい明かりのように滲《にじ》むその花を見て、春なのだと僕はあらためて気づいた。みんなに平等に春が来ている。どこで、どんな気持ちで、その春を迎えているかは、その人次第だけど。

ふいに涙ぐみそうになって、僕はあわてて頭を振った。そのまま額を窓ガラスにくっつける。電車が徐々にスピードを落としていくのが、額から伝わってきて、眼鏡がずれた。

——野原《のはら》駅。

車内アナウンスと停車ホームの駅名標から、目指す駅に着いたことを知る。

僕はデイパックを背負い、他に人影のないホームへと降り立った。

野原駅のホームは二つあった。僕が降りたホームは両側に線路があり、上りと下りの電車が同時に発着できるようになっている。もう一つのホームは片側が空き地と隣接しているため、線路はその反対側にしかなかった。片側にしか線路のない3番線ホームには明かりがついておらず、真っ暗だ。今日の運行はもう終わってしまったのだろうか？　僕は首をかしげながら、1番・2番線ホームと3番線ホームをそれぞれ隅から隅まで見てみたが、どちらにも本屋は見当たらない。ならば、と蛍光灯の滲んだ明かりを頼りに、ホームの端にある階段へ向かった。

二つのホームと改札口は跨線橋《こせんきょう》でつながっている。階段はその跨線橋へと延びていた。階段脇に小さなエレベーターはあったが、エスカレーターはない。サークルもバイトもしておらず、大学と家の往復くらいしか体を動かすことのない僕は、迷わずエレベーターを使った。

野原駅の跨線橋は、都心のターミナル駅ほどではないが、その外観やホームの雰囲気から予想したものより、ずっと立派だった。壁は厚く、照明は明るく、空調も効いて、そして、ホームに降りる階段とは反対側の壁に沿う形でたしかに本屋があった。まさに『駅の中にある本屋』だ。僕は足を速めて近寄っていく。

具合良く跨線橋側の自動ドアと壁がどちらも透明ガラスになっていて、店内がよく見えた。僕はゆっくり跨線橋を進みながら覗《のぞ》きこむ。とりたてて目立つところはない、ごく普通の本屋だ。さほど広くない売り場を圧迫しない程度に、平台《ひらだい》とセットになった書棚が置かれていた。このスペースと書棚数から考えて、映像化されたり賞を獲《と》ったりした話題作と人気コミックスの他は、ベストセラー作家と呼ばれる一握りの作者達の近著を揃《そろ》えておくのが関の山だろう。

「大丈夫かな?」

僕は不安のあまり独り言を漏らしながら、眼鏡を押し上げた。ここが本当に『読みたい本が見つかる本屋』なのか? やっぱりネット上の都市伝説だったのかもしれない。

本屋の透明ガラスの壁が終わると同時に、ちょっとした『旅』の疲れを感じて、僕はふらふらとクリーム色の壁によりかかった。この壁の向こうは、何の店だろう? 気になったが好奇心をはるかに凌《しの》ぐ徒労感により、動けない。

僕がため息をついてずるずるしゃがみこむと、クリーム色の壁の先にある自動ドアがあいて、誰かが飛び出してきた。跳ねているような軽い足音が近づき、うつむいた僕の目の前で止まる。

「こんにちは」

はきはきとした明るい声が降ってきた。僕が顔を上げると、はじめてディズニーランドに来た子供のように瞳をかがやかせた女の人と、目が合う。ずいぶんと大きな目だ。くっきりとした二重で、重そうなまつ毛はくるんとカールしている。光の加減なのか、コンタクトのせいか、それとも生まれつきなのか、黒目の占める面積が大きかった。鼻や口といった他のパーツが小さいせいもあり、必要以上の目力《めぢから》を感じてしまう。

「おふ」

変な声が出てしまったのは、その目力の強い彼女が、僕の前にしゃがみこみ、ゆるくウエーブのかかった胸までの髪を後ろにはらって、にっこり微笑《ほほえ》んだからだ。ふわりと鼻先をくすぐる柑橘《かんきつ》系の香りに気を取られていると、突然聞かれた。

「経験者ですか？」

「え？」

「えっと、やったことはありますか？」

これが噂に聞く――それこそ都市伝説だと思っていた――逆ナンというやつか？　いくら何でも誘い方が直接的すぎるだろうと正直引いたけれど、彼女が清々《すがすが》しくにこにこしているものだから、ここで答えなければ男が廃《すた》るんじゃないかという気持ちになってしまう。

「……や、まあ、一応は」

彼女は嬉《うれ》しそうに「それはありがたい」と手をぱんと打ち鳴らした。

「じゃ、さっそくお願いします」

「えっ、ここで？」

僕が驚いて叫ぶと、彼女は「はい。もちろんここで」とにこにこうなずく。そして僕の頭上の壁をノックするように叩《たた》いた。

「喉から手が出るほど欲しいんです、人手が」

僕があわてて立ち上がってみると、そこには『書店アルバイト急募！』の貼り紙がしてあった。

「ご主人の転勤でパートさんが一人辞めちゃって、困っていたんです。あなたは経験者なんですよね、書店アルバイトの？」

「あ、ああ、はいはいはい、バイト……」

僕は自分のひどい勘違いを悟られないよう眼鏡の位置を直し、付け加える。

「でも、今日ここにはアルバイトがしたくて来たわけじゃないんです。すみません」

「あ……そうなんですか……」

彼女の大きな目が露骨にかがやきを失った。それでもすぐに気持ちを切り替えたのか、ぱちんと指を鳴らす。

「じゃあ、お客様ですね？」

「あ、はい、一応」

僕の煮え切らない返事を気にした様子もなく、目が合うと、彼女はまたにっこり惜しみなく笑ってくれた。僕はどぎまぎと視線を外し、彼女がモスグリーンのエプロンをして、胸に『南槇乃《みなみまきの》』と書かれた名札をつけていることに、やっと気づく。僕の視線の先を読んだ彼女が、名札をぐいと持ち上げた。

「失礼しました。私はこの本屋の店長の南です。〈金曜堂〉へようこそーっ！」

メイドカフェ並みに愛想のいい挨拶に、僕は腰が砕けそうになったが、南店長もとい槙乃さんにうながされるまま引き返し、結局、店内に足を踏み入れた。

槙乃さんは、店の隅にあるレジカウンターの中に入っていく。そこからの視線を感じながら、僕はぎくしゃくと店内を見渡した。

平台には、最近直木賞を獲ったばかりの本が積まれている。今、一番売れて、どの書店でも一番目立つ場所に置かれている本だ。その本屋にしかできない、目新しいラインナップではない。僕は死んだ目をして、文庫棚の前に移った。

『サ行』の著者達の一角に目を走らせる。柴田錬三郎《しばたれんざぶろう》あたりから少しスピードを落とし、一冊ずつ慎重に見ていった。島田荘司《しまだそうじ》があり、島本理《しまもとり》生《お》があり、朱川湊人《しゆかわみなと》があった。僕はいよいよゆっくり背表紙を指でなぞりながら見る。小路幸也《しょうじゆきや》、白石一文《しらいしかずふみ》、城山三郎《しろやまさぶろう》、新城《しんじょう》カズマ……歴史小説、推理小説、恋愛小説、ホラー小説、経済小説、ライトノベルと、サ行だけでも多種多様な本と作家のラインナップだ。「でもやっぱり」とつぶやき、僕はため息をついた。

――この本屋でも見つからなかった。

レジカウンターの槇乃さんに軽く一礼すると、僕は自動ドアに向かって歩き出す。何か言いたげに口をひらきかけた槇乃さんが視界に入ったが、立ち止まらなかった。

僕が自動ドアの前に行くより先に、そのドアは軽く振動しながらひらく。どんな客が入ってきたのだろうと、何気なく顔を向けた僕は、金髪角刈りに紫のソフトスーツという目が痛くなるほど派手な外見の男性に睨《にら》み返された。身長こそ百七十二センチの僕より十センチくらい低いものの、体つきはがっちりしていて、何より顔が怖い。どう少なく見積もっても、カタギには見えなかった。僕は恐怖で「のっ」と声をうわずらせ、飛びしさる。しまった、と思ったが時すでに遅く、今度は平積みしてあった単行本にぶつかり、バサバサと床に落としてしまった。すかさず金髪角刈りが怒鳴りつけてくる。

「坊主、何してんだ！　商品に傷つけてんじゃねぇぞコラ！　あぁん？」

「すみません。すみません」

意地も誇りもなく必死で頭を下げる僕の頭上を、明るい声が飛び越えていく。

「ヤスくん、お客様にすごむのやめてね」

その声に呼応するかのように、自動ドアがもう一度ひらいた。今度はやけに背の高い男性が、のれんをくぐるようにひょいと頭を下げて入ってくる。こちらは槇乃さんと同じモスグリーンのエプロンをつけていた。名札には『栖川鉱《すがわこう》』とある。書店員だろう。

さほど広くない店の入口で凸凹際立つ男性二人に立ちはだかられ、僕は逃げだしたくても逃げだせなくなる。

「あ、栖川くん。おかえり。ヤスくんといっしょだったんだ？」

槇乃さんの言葉に、背の高い男性が顔を上げる。その整った顔立ちと瞳の色に、僕は思わず眼鏡のつるを持って見惚《みと》れてしまった。黒髪と純日本的なパーツが揃った薄味の顔の中、青い瞳が抜群の存在感を放っている。

野菜や牛乳パックの覗くエコバッグをゆっくり掲げてみせる栖川さんの横から、「ヤスくん」と呼ばれた金髪角刈りが口を挟んできた。

「改札口の前でばったり会ったんだよ。な？　言ってくれりゃ、買い出し手伝ったのに」

書店に野菜や牛乳は必要なのか？　という僕の疑問は、栖川さんの歩いていく先を見て、氷解する。

レジカウンターと反対側のスペースに、スツールの並んだカウンターと小さなテーブル席がしつらえてあったのだ。レトロなオレンジ色のランプシェードがさがったカウンターの後ろの壁には、食器棚と酒棚と小さな冷蔵庫が並んでいた。内装も雰囲気も照明の色合いまで違うため、違う店舗だとばかり思っていたが、どうやらここも本屋の一部らしい。

「ここ、ブックカフェだったんですね」

僕が振り向いて尋ねると、槇乃さんは胸の前で小さく両手を振った。

「違います。違います。〈金曜堂〉はただ、喫茶店が付いた本屋ってだけの話です」

「だからそれって、ブックカ――」

「南がちげーつったら、ちげーんだよ。坊主、なめてんのかコラ」

「ヤスくん、オーナーが短気な店は潰れやすいって、何かで読んだよ。気をつけて」

いきり立つ金髪角刈りを諫《いさ》める槇乃さんの言葉を、僕は聞き流せない。

「オーナー……？」

金髪角刈りが顔をかくかく上下にゆらしながら、外股で近づいてくる。

「おう。俺が〈金曜堂〉オーナーの和久《わく》靖幸《やすゆき》だよ。文句あんのかコラ」

「いえ、全然。何の文句もありません、本当に。喫茶店付きの本屋ですよね。わかります」

僕は我ながら嫌になるほどの愛想笑いを返して、〈金曜堂〉は怖い人が後ろについた怖い本屋なのだと理解した。読みたい本が見つかろうと見つかるまいと、こんな店とは関わり合いにならない方がいいに決まっている。

「じゃ、僕はこれで」

僕は金髪のオーナーが移動してくれたおかげでできたスペースに飛び込み、どうにか自動ドアをくぐり抜ける。槇乃さんがあわてて尋ねてきた。

「お探しの本はなかったですか？」

「はい。残念ながら」

「よかったら、私が探してみましょうか？」

「あ、大丈夫です。大丈夫です。もう、はい、本当にいいんで」

「でも――」

槇乃さんがさらに何か言いかけたが、僕は聞こえないふりで一目散に駆けだした。

＊

誰もいないホームに、僕のくしゃみが響き渡る。もう四回目だ。春の夜の冷え込みは容赦なかった。夜九時を過ぎ、お腹《なか》も鳴りだす。

「やっぱりダメか」

僕はスマホを振り回し、長いため息をついた。野原駅のホームはありえないほど電波状態が悪く、さっきから一向に通信ができない。ＳＮＳも乗換案内もメールもメッセージアプリも全滅だ。ため息が白すぎて、気が滅入《めい》ってくる。

もう三十分以上、電車は来ていなかった。ホームの時刻表によると、この時間帯でも一時間に二本は運行しているはずなのに。僕の我慢は限界だったが、改札を抜けて外に出るには、跨線橋を渡り、〈金曜堂〉の前を通らなくてはいけない。それも気まずい。

「どうしよう？」

僕が眼鏡のレンズを上着の裾で拭き、しおしおとしゃがみこんだところ、向かいの3番線ホームの明かりがぱっと点《つ》いた。

「え、そっち?」

僕がホームを替えるべきかどうか悩んでいるうちに、話し声が聞こえてくる。ややあって、3番線ホームに人が降りてきた。それも次から次へと途切れなく、百人ほどは集まったはずだ。

蛍光灯に照らしだされた彼らの姿は一様に異様だった。僕は眼鏡のレンズを何度も拭き直しては、目を凝らす。頭からふさふさした猫耳が突き出ている者、角《つの》がある者、太い尻尾《しっぽ》のある者、一つ目の者、三つ目の者、長い鼻を持つ者、嘴《くちばし》のある者、翼のある者、頭が茶釜になっている者、白い着物を着て髪を振り乱した者、白い布をずりずり引き摺《ず》っている者……ほとんどの者が人間に見えない。異形《いぎょう》の者達が朗らかに騒げば騒ぐほど、僕は恐れをなした。隣のホームに一人で立つ僕に気づいた何人かが、親しげに手を振ってくれるのが、また怖い。

やがて女性の声で到着アナウンスが3番線ホームに流れ、電車がガタガタと車体を揺らしてホームに入ってくる。窓から畳敷きの車内が見えた。

「お座敷列車……」

ホームで待っていた百人あまりの者達に、似合いすぎる車両だ。寒いのもお腹が空いたのも忘れて立ち尽くす僕の前で、お座敷列車は異形の者達を乗せて、ごくごく普通に発車していった。

電車が線路のカーブに沿って見えなくなると、誰も残っていない3番線ホームの明かりがぱちりと消える。僕は金縛りが解けたように足元から頭のてっぺんまでぶるりと震え上がり、選択の余地なく階段を駆け上がったのだった。

〈金曜堂〉に飛び込んだ僕を見て、平台の本を並べ替えていた槇乃さんは手を止めた。

「〈金曜堂〉へようこそーっ！」

「あの、それ、もういいですから」

震える声ですげなく言った僕の顔をまじまじと見つめ、「大丈夫ですか？」と聞いてくる。

「顔色が悪いですけど」

「ホームが寒くて」

「次の上り電車まで、けっこう時間が空きますからねえ」

「お腹も空いたし」

「『ここで待っていたら？』って言いたかったんですけど、お客様が血相を変えて飛び出して行っちゃうから」

「オバケも見ちゃったし」

僕が声を絞り出すようにして打ち明けると、槇乃さんは肩にかかった髪を後ろに払ってにっこり笑った。

「『百鬼夜行列車《ひやっきやこうれつしゃ》』ですね」

「……何ですか、それ？」

「〈金曜堂〉のお客様の有志が集まって企画した臨時列車です。一泊二日で梅を見に行くとか」

僕らの会話に聞き耳を立てていたのだろう。カウンター席で〈金曜堂〉のカバーがかかった文庫本を読んでいたオーナーの和久さんが、声を張って割り込んでくる。

「〈金曜堂〉では客に本だけでなく、スペースも提供してんだよ」

言いながら、和久さんは自分の座っているスツールのまわりをぐるっと掌《てのひら》で示した。槇乃さんがうなずく。

「お客様がこの喫茶スペースを借りて、不定期に朗読会や講演会や読書会をひらいているんです。そんな中の一つ、妖怪しばりの読書会がずいぶん盛り上がったみたいで——」

「読書会に出ていなかった連中にも声をかけて、お座敷列車を借り切って、怪談や妖怪談義をしながら梅を見に行くそうだ。ドレスコードは『物の怪《もののけ》』だってよ」

どうやら僕がさっき見たのは、妖怪のコスプレをした人達が、行楽に出かける姿だったらしい。

「金曜の夜だもんな」

「月もきれいで、夜行列車日和《びより》よね」

和久さんと楽しそうに言い合ってから、槇乃さんはレジの奥にあるドアの向こうに姿を消した。取り残された形となった僕は、喫茶スペースへと進み、カウンタースツールに腰かける。スツールを二つ挟んで隣にいた和久さんが、鋭い視線で睨《ね》め回してきたが、僕にはもう怯《おび》える気力も残っていなかった。

「何か……あたたかいものが飲みたいんですけど。あと食べ物も注文できますか？」

カウンターの中で〈金曜堂〉のブックカバーを折っていた栖川さんが黙ってうなずく。エプロンのポケットから出したノートをひらいて、さらさらとペンで何か書きつけた。え、筆談？　とおののいている僕に、栖川さんは書いたものを見せてくれる。

〈磯辺巻　400円　きなこ餅　400円　あんころ餅　500円　（※税込み）〉

「餅だらけだ……」

思わずこぼした僕のつぶやきに、和久さんが敏感に反応する。

「ここのメニューは、栖川のその日の気分次第なんだよ。何か文句あんのかコラ？」

「いえ、別に。餅だらけのカフェって斬新だなって」

「だから！　カフェじゃなくて喫茶店だって言ってんだろ」

「すみません」と頭を下げる僕を、栖川さんがじっと見つめてくる。照明によって瞳の青さにグラデーションがかかり、ひどく神秘的だ。魅入られたように僕の口が勝手に動いた。

「えっと、じゃあ、磯辺巻で」

栖川さんはこくりとうなずき、動きだす。モスグリーンのエプロンこそ書店員のそれだが、白いシャツに黒い蝶ネクタイを結んだ栖川さんは、どう見てもバーテンダーの佇《たたず》まいだった。姿勢のいい立ち姿のまま、美しい所作で湯を沸かし、ほうじ茶を淹《い》れてくれる。

さらに、どこからともなく取り出した焼き網をガスコンロにのせ、切り餅で磯辺巻を作ってくれた。砂糖を溶かした醬油《しょうゆ》の中に、熱々の餅をジュッと浸して海苔《のり》を巻く。醬油が染みてしっとりした海苔と少し焦げた餅の香ばしい匂いに、僕の腹は盛大に鳴り響き、青磁の皿に二つばかり並んだ磯辺巻を、あっという間に食べきってしまった。

ふうと息をついてほうじ茶をすすり、僕は栖川さんの背後にある食器棚と酒棚の横に同じような色合いの書棚が並んでいることに気づく。ほうじ茶の湯気で曇った眼鏡のレンズを拭いてからあらためて眺めてみると、そこには大きさがまちまちの本が背表紙を向けていた。

「この棚の本は？」

「おう。やっと気づいたかコラ。ここの本は売り物じゃないが、喫茶店にいる間は好きに読んでいいぞ。好きな本のタイトル、好きな著者名、はたまたその日の気分、何でもいいから言ってみな。栖川が適当な本を渡してくれる」

「はあ。適当……ですか」

「おい坊主。いい加減って意味の『適当』じゃねぇぞコラ。ほどよく当てはまるって意味の『適当』だからな」

和久さんが唾を飛ばして力説する。僕は眼鏡を押し上げ、ここからも読める本達のタイトルを端から順に追っていった。

「どうよ？　何か読みたい本はあるか？　漫画もあるぞ」

「いや。僕、小説も漫画もあんまり」

「おぅ待て！　待て！　マジか？　本が嫌いなくせに本屋に来るとか、何なんだコラ？」

「や、あの、まったく読まないわけじゃないんですけど、読んでも、僕ごときじゃ内容を深く読み取れないというか、表面的な理解って言うんですか？　みんなを納得させたり唸《うな》らせたりする感想なんて何も出てこないし。ひどい時は根本的な解釈を間違ったりするから、本当、小説も漫画も読む資格がないんですよ、僕は」

「資格っておまえ――」

和久さんは息をのんで、栖川さんと目を合わせる。栖川さんはほうじ茶のおかわりを僕の湯呑《ゆの》みに淹れながら、短い質問をした。

「この本棚に、君の知ってる本はあるか？」

はじめて聞く栖川さんの声が、想像通りの甘い美声だったことに感動するあまり、僕は一瞬、答えに詰まる。少し迷ってから目線の高さにある棚を指さした。

「あそこの……左から三冊目の『だれも死なない』は、一年くらい前に読みました」

僕がそれだけ言って黙ると、栖川さんも感想などは求めず、静かにまばたきした。僕は気まずくほうじ茶に口をつける。また眼鏡のレンズが曇る。

沈黙合戦に最初に音を上げたのは、和久さんだ。話題を変えるように大きな声で言った。

「けどよ、トーン・テレヘンの『だれも死なない』ってずいぶん前に出た本だぞ。よく今でも置いてある店があったな」

「あ、いえ、発売された当時に買ったんだと思います」

「思います？」

「えーと」と言いよどんだ瞬間、白熱灯に照らされた書庫と、その広々とした四方の壁に据え付けられた天井までの木製の書棚、書庫の真ん中に置かれたどっしりとした黒革のソファなどが、僕の頭にぱっと浮かんだ。

「その本は、父の――」

つつっと頬を伝う冷たい触感がある。いぶかしげだった和久さんの、やや奥に引っ込んだつぶらな目がまん丸になるのを見て、僕は焦った。どうやら涙がこぼれてしまったらしい。あわてて眼鏡をはずし、レンズを拭いて誤魔化そうとした。けど、やはり無駄だった。

カウンターでふたたび折り紙を折るように〈金曜堂〉のブックカバーを作っていた栖川さんまで、眉をひそめて青い瞳を向けてくる。

僕は観念して眼鏡をかけ直した。

「すみません、あの、何か――すみません。あ、これ、お代」

声を詰まらせ、カウンターの上に百円玉を四枚ぴったり置いた僕に、栖川さんが言う。

「見つかる」

「え？」

「帰る前に、君の探す本について南に――いや、南店長に聞け。必ず見つけてくれる」

栖川さんは重ねてそう言うと、青い瞳をまぶしそうにしばたたき、レジカウンターの方を見やる。つられて僕が振り向くと、ちょうど奥のドアがひらき、白いオバケが出てきた。

声も出せずに凝視している僕の前にトコトコやって来て、白いオバケの首がもげる。と、中から出てきたのは槇乃さんの顔だった。

「今度、『ピーナッツ』フェアをやろうと思って。スヌーピーの着ぐるみを作ってみたんです」

えへへと頭を掻《か》きつつも、実は自信たっぷりといった表情をしている槇乃さんに、和久さんが嚙《か》みつく。

「やめとけ。フェアは賛成だけど、着ぐるみはやめとけ」

栖川さんもコクコクとうなずいて、同意を表した。

「またまた。栖川くんとヤスくんは、私のやることを止める係みたいなところがあるでしょう？　だから、こちらのお客様に聞いているんです。……どうです？」

槇乃さんの大きな目が僕を見つめる。

「……さっきの団体列車に乗りそびれた、百鬼夜行の一派かと思いました」

僕の正直な感想に、和久さんが野太い声で笑い、槇乃さんは両手で抱えた白いオバケにしか見えないスヌーピーの顔を不満げに見つめた。

「がんばって作ったのにな」

「大丈夫だ、南。無駄にはならねぇぞ。妖怪フェアの時に利用できる」

からかうように言って、和久さんがまた笑う。僕は涙が止まったのを確認して、栖川さんをあらためて見上げた。

「さっきの話、本当ですか？」

栖川さんはまたコクコクとうなずき、聞いてもいないのに和久さんが請け合った。

「俺達を疑うなコラ。本当だ。着ぐるみを作るセンスは絶望的でも、本のことなら頼りになるんだ、南は」

「あれ？　ひょっとして私の噂してました？」

槇乃さんは酷評を受けた着ぐるみの頭をかぶり、左右に揺れながら、くぐもった声で

「照れちゃうなあ」とつぶやく。わりと面倒くさい人かもしれない。

僕はスツールから降りると、着ぐるみの頭をすぽっと持ち上げ、出てきた槙乃さんの顔に向かって頭を下げた。

「僕が探している本は、父が読みたがっている本です。庄司薫《しょうじかおる》って人が書いた『白鳥の歌なんか聞えない』です」

「ああ」とすぐに反応しようとした槙乃さんを制して、栖川さんが低い声で言う。

「ただの本じゃなさそうだ」

鋭い。僕はうなずき、そこに集《つど》ったみんなの顔を見回した。

「父が受け取ってくれる『白鳥の歌なんか聞えない』が見つからなくて、困ってます」

「どういうことでしょう？　詳しくお話を聞かせてもらえますか？」

槙乃さんは僕から取り返した着ぐるみの頭を、カウンターの隅に鎮座させると、僕にスツールをすすめ、自分も隣に腰かける。槙乃さんと和久さんに左右から挟まれ、正面に栖川さんという、〈金曜堂〉の面々に包囲網を敷かれた僕は、眼鏡を押し上げ話し出した。

「我が家にあった『白鳥の歌なんか聞えない』は、もともと父が学生時代に読んで蔵書にした本です。それを僕が高校時代に父の本棚から勝手に持ち出して……なくしました」

和久さんが眉をひそめて「何してんだ、うっかり野郎が」とつぶやく。

「読んだらすぐに返そうと思ったんですよ。でも持ち歩くだけで、なかなかページをひらく機会のないまま、気づいたらなくなっていたんです。たぶん落としたか置き忘れたかしたんじゃないかと」

「一行も読まないうちに、なくしたのか?」

「はい」

「そのことを、親父《おやじ》には黙っていたんだな?」

「はい……」

金髪角刈りに紫色のソフトスーツという極道めいた外見にもかかわらず、和久さんが刑事に見えてくる。僕は首をすくめた。

「だけど最近になって、父が、『読みたいから返してくれ』と言いだして、とても困ってるんです」

「はあ? 困ってるのは、親父の方だろ。身勝手なこと抜かすと、しばくぞコラ」

「ひ。すみません。僕だって父には悪いと思ってます、もちろん。だから、すぐに買い直して渡しました。でも、『これじゃない』と返されてしまって」

僕はそう言うと、白い病室で点滴の管をつけたまま、力なく笑う父さんの顔を思い出した。そう、父さんは怒らず、笑ったんだ、すごくせつなそうに。

たまらなくなって僕は眼鏡をはずし、袖口でレンズを乱暴に磨いた。

「新刊本、古本、電子書籍、文庫本、単行本、初版、改訂版……リアルもネットも問わずめぼしい書店で見つかった『白鳥の歌なんか聞えない』は全部手に入れたんですけどね」

――俺の読みたい本は、これじゃないんだよな。

日に日に目の下の隈《くま》が濃くなり、頬が削《そ》げていく父さんは弱々しく、だけどきっぱりと首を横に振るばかりだ。僕からの本をけっして受け取ろうとしてくれない。

頬杖《ほおづえ》をついた槇乃さんは、桜色の爪でカウンターをトントンと叩きながら微笑んだ。

「『白鳥の歌なんか聞えない』。薫くんシリーズか。なつかしいな」

驚いたことに、槇乃さんのこの言葉に、栖川さんと和久さんもそれぞれうなずく。

「あれ？　みなさん、この本を読んだことがあるんですか？」

「ああ。高校生の時にな。課題図書だったからよ」

「夏休みの？」

「ちげぇよ。読書会のだよ」

読書の習慣から一番遠いところにいそうな和久さんが、当たり前のように言った。和久さんの用いる「読書会」という言葉は申し訳ないが、危ない取引か何かの符牒《ふちょう》にしか聞こえない。

僕は気を取り直して、思い出の小舟に揺られているような槇乃さんの横顔に訴えた。

「父さんは……いえ、父は、あの日僕に貸した自分の本そのものを、返してもらいたいんだと思います。本の中に、何か重要な書き込みがしてあるのかもしれない。だからどうしても、あの本を見つけたいんです。責任を持って、僕が探し出さなきゃって思ってます」

でも、と僕はカウンターに突っ伏した。

「そんな昔になくした本が出てくる確率なんて、ゼロに等しいですよね。僕もう、どうしたらいいか……」

ネットに漂う怪しい噂を信じて、『読みたい本が見つかる本屋』があるという辺鄙な駅まではるばるやって来てしまうくらい、僕は切羽詰まっていた。

肩を大きく上下させ、息を整える。涙はどうにか堪《こら》えることができた。その時、僕の丸まった背中にそっと掌が添えられる。小さな掌と冷たい指先、槇乃さんの手だ。槇乃さんはそのまま赤ん坊をあやすように僕の背をぽんぽんとゆっくり叩き、声をかけてくれた。

「せっかくここまで来たのだし、とりあえず、ウチの店の在庫もチェックしましょうか」

「……お願いします」

ようやく顔を上げた僕に親指を突き出し、槇乃さんはスツールからふわりと降りる。

「今、見てきますね」と背中を向けかけたが、ふと動きを止めて振り返った。

「よかったらいっしょに行きません、書庫？」

「え。客が入っても、いいんですか？」

僕は眼鏡をかけ直し、おずおず聞く。槇乃さんに、というより、注意深く僕を観察している和久さんと栖川さんに向けての質問のつもりだった。

和久さんはチッと舌を鳴らして、ふたたび自分の文庫本を広げる。栖川さんは僕の食べ終わった小皿や湯呑みを洗いだした。そのわざとらしい無関心をどう受け取ればいいのかわからないまま、僕が槇乃さんを見ると、槇乃さんは大きな目をくるっと動かし、また親指を突き出した。

「いっしょに探しましょうよ、お父様が読みたい本」

「はい」

おそらく新刊しか置いていない〈金曜堂〉の書庫に、僕のなくした本が紛れ込んでいる可能性は限りなくゼロに近いだろうが、せっかくここまで来たし、帰りの電車はまだ来ないし、と僕は理由を探しながら、カウンターに手をついて立ち上がった。

＊

槇乃さんにつづいて、レジカウンターの奥のドアを抜けると、窓のない狭い部屋に出た。蛍光灯の明かりの下で、コンピューターののったデスクが二台並び、ステンレス製の丈夫な棚にはコピー用紙、ファックス用紙、プリンタインクなどの備品が無造作に置かれている。リノリウムの床には無数の紐《ひも》やビニールの切れ端、ゴミなのか大事なファックスなのかわからない紙片が散らばっていた。雑然としていて、お世辞にも「落ち着く」とは言えないその空間は、僕には馴染《なじ》みのあるものだった。というかむしろ、懐かしくて好きな空間だった。

「ここは、書店員達の控え室であり準備室であり事務室でもある――」

「バックヤードですよね」

僕はインクのにおいを嗅ぎながら、うっかり槇乃さんの言葉を遮ってしまう。槇乃さんはちょっと驚いたように眉を上げたが、すぐに微笑んでくれた。

「そっか。そういえば書店アルバイトの経験者でしたね」

「あ、ええ、まあ」

バックヤードで仕事したことはないけれど、と心の中だけで付け足し、僕はあらためて部屋をぐるりと見渡す。棚は書籍以外の備品であふれ、とてもじゃないが商品回転率の悪い、死に筋の本を置いておけるスペースはなさそうだ。

「どこにあるんです、在庫？」

「ここ」

槇乃さんはタンと足を揃え、その場に立つ。きょとんとしている僕の顔を嬉しそうに見つめ、ゆるくウェーブのかかった髪を肩から後ろへ払った。

「だから、こ・こ・で・す」

タ、タ、タ、タン。言葉に合わせて、足で床を鳴らす。僕が視線を床にやるのと、槇乃さんが散らばったゴミや書類を片足でひょいと脇へどけるのは、同時だった。
お目見えした床には、キッチンなどの床下貯蔵庫にあるような把手《とって》がついている。

「ねえ、知ってます？　スヌーピーの犬小屋って、とっても広い地下室があるんですよ」

槇乃さんはそう言って僕をじっと見つめ、「実は〈金曜堂〉もなんです」と頰をふくらませるようにして笑った。

「オープン　ザ　ピーナッツ！」

冗談めかした呪文を唱えながら、槇乃さんはしゃがんで床の把手を引っ張る。人一人がやっと通れるくらいの小さな入口がひらいた。中は真っ暗だ。

「すみません。えーと……」と槇乃さんは僕に何か言おうとして、手で口をふさぐ。

「失礼しました。お客様のお名前をまだ聞いていなかったですね」

「あ、倉井です。倉井史弥」

「くらい、ふみや、さん」

コクコクコクと三度うなずいてから、槇乃さんは「倉井くん、と呼んでいいですか」と小首をかしげた。

「どうぞ」

「そう。では倉井くん、そこの棚にある懐中電灯を取ってもらえます？」

僕は言われた通り、バックヤードの棚からバカでかい懐中電灯を二つ取って、一つを槇乃さんに渡した。そして彼女につづいて、真っ暗な床下に足を踏み入れたのだ。


入口こそ狭かったが、地下書庫への道中はまるで広大な迷路だった。狭い階段を何段かおりたかと思えば、曲がりくねった真っ暗な道がつづき、また階段をおりて、道を折れたり曲がったりしながら進み、と方向感覚が狂うほど歩かされる。あの跨線橋からどこをどう通って地下につながるのか、懸命に想像してみたが、まるでわからなかった。そうこうしているうちに、奈落の底につづくような比較的長い階段が現れる。

奈落行きの階段は段差はあまりないものの、狭くて手すりもないので、足を滑らせないよう緊張した。槇乃さんは慣れているのか、足元を照らす懐中電灯の明かりを揺らしながら、タンタンタンとリズミカルに降りていく。その足取りは軽く、速い。「待って」と頼むと負けた気がして、僕は意地になって追いかけた。

永遠につづくように感じた階段が、唐突に終わる。パチッとスイッチを入れる音がして、無数の蛍光灯が一斉に点滅しながら点いた。その明かりのおかげで僕は、自分が今立つ場所が、とてつもなく細長い空間であること、僕くらいの背丈の人間がジャンプしたら手がついてしまうほど天井が低いこと、そしてその長細い空間にずらりと並んだアルミ製の分厚い書棚に、目のくらむような数の書物が収納されていることを知った。

言葉も出せずに立ち尽くす僕に、槇乃さんが笑いかける。

「〈金曜堂〉の書庫です。スヌーピーの犬小屋に負けないくらい、驚きの地下室でしょ?」

「地下室っていうか、ここは——」

僕は喉をごくりと鳴らして、長細い床面から一段低くなったところに延びている、二本のレールとその間に渡された枕木を見つめた。

「地下鉄のホームじゃないんですか?」

「そう。かっこいいでしょう?」

槇乃さんはあっさり認め、昔々、戦前の頃、このあたりから東京まで地下鉄を走らせる計画が進んでいたが、戦争によって断たれてしまったのだと教えてくれる。

「せっかく立派なホームを作って、途中までトンネルも掘ったのにね。ずーっとずーっと長い間、無用の地下になっちゃっていたんです」

地上のめまぐるしい時代の変化を知らず、ただ静かに昔の姿をとどめているホームと、どこにもつながっていない線路を、端から端まで見渡し、僕はひんやりと冷たい空気に身を震わせた。両手で腕を抱く。

「あ、寒いですか? ごめんなさい。今、暖房入れましたから」

「暖房あるんですか?」

「うん。冷房もあるし、湿度も完璧に調整しています。本のためにね」

たしかに、足元からだんだん暖かい空気がのぼってくる。僕は少し拍子抜けした顔になっていたのだろう。「昔のまんまじゃなくて、すみません」と槇乃さんが申しわけなさそうに肩をすくめた。

「〈金曜堂〉をひらくにあたって、ヤスくん……あ、金髪のオーナーね、彼の発案で、ぜひここを書庫として使わせてもらおうって。大和北《やまときた》旅客鉄道の方に許可をもらって、空調を整え、耐震性を含めた安全基準も見直して、なるべく元の姿を心掛けつつ、修繕が必要なところにとことん手を加えた結果が、これなんです」

「ですよね。いくら何でもまんまは無理ですよね。いや、すごくいいです!」

僕は一番近くの書棚に寄る。店内と違い、ここは単行本や新書も豊富で、ジャンルの分類もしっかりとされていた。しかも、版元が発行を中止してしまった絶版本や、大型書店やオンライン書店では在庫なしになっているような本も、ちらほら見つかる。

例外はあるものの、本は基本的に返品《へんぴん》が利く。だからこそ、町の書店は一般的に売れる本を一冊でも多く仕入れ、売れない本は一刻も早く返してしまおうとする。経営は大事だ。経営にはお金がついてまわる。売れない本を遊ばせておくスペースもお金もないのであれば、後はひたすら顧客のニーズに合わせた品揃えを心掛けるのが当然の理だと、父さんもよく言っていた。だから、僕は思わず聞いてしまう。

「死に筋の本をこんなにたくさん残して、大丈夫なんですか？」

「お。この並びを見て死に筋ってすぐにわかるなんて、倉井くんは本好きですね」

槙乃さんが嬉しそうな顔をするので、僕は返答に困った。槙乃さんは特に気にせず、つづける。

「これらは、今はもうなくなってしまった地元の書店が抱えていた『ショタレ』です」

「ショタレって――これら全部、『返品できない本』ってことですか」

僕は上半身をのけぞらせて、書棚を見渡した。

「はい。ウチはその在庫をそっくり引き継いだだけなので、元手はかかっていないんです」

「へえ。こんなにたくさんの本を抱えたまま店をしめるなんて、その書店さん、よほどのっぴきならない事情があったんでしょうね」

僕がおおいに同情するも、槙乃さんは特に表情を変えず、二つ先の棚を指し示した。

「庄司薫の小説はこっちにあります」

永遠に電車が着くことはないホームに、槙乃さんと僕の足音がばらばらに響く。

その作家の著作が占める場所は、途方もなく大きな書棚のほんの一角に過ぎなかった。

棚の一列や二列を平気で占拠してしまう作家も少なくなかったので、僕はかがまなければいけない位置に並んだ著作を覗きこみ、「少ないですね」とつぶやいてしまう。

「そうですね。庄司薫という小説家は寡作なタイプに入るでしょう」

槇乃さんは「でも」と言葉を切って、僕のすぐ横にしゃがみこんだ。

息がかかるほどの距離で向かい合う形となり、僕はどぎまぎ目を伏せる。なんせ槇乃さんの目は大きい。微妙なグラデーションで陰影を描く瞳には一点の曇りもない。こちらのとっちらかった心が全部見透かされている気がして、落ち着かないのだ。

「『赤頭巾ちゃん気をつけて』『さよなら怪傑黒頭巾』『ぼくの大好きな青髭《あおひげ》』、そして倉井くんがお探しの『白鳥の歌なんか聞えない』。薫くん四部作と言われる庄司薫の作品群は、版を改め、文庫化され、時に出版社を変えながら、発売以来五十年近く読み継がれている、現役の本なんです」

「五十年現役……」

「そう。人も町もころころ変わってしまうのが当たり前のこの国で、半世紀近く残る本が四冊も書けるって、すごいことだと思いませんか？」

槇乃さんがそっとなでた文庫本の背表紙は、たしかに四つのタイトルが三冊ずつ並んでいた。僕は「いいですか」と断ってから『白鳥の歌なんか聞えない』と書かれた三冊を引き抜く。

「ウチに単行本はないんだけど、文庫本なら世に出た種類は全部あるはずです」

槇乃さんにそう言われ、僕は両手に持った三冊の文庫本をぼんやり眺めた。父さんの本棚にあった本はどれだっけ？　高校生の僕が気軽に持ち歩いていたわけだから、たぶん文庫だろう。ただ、三種類もあると……。

槇乃さんがばば抜きのジョーカーを探すみたいに真剣な顔で、三冊を見比べながら聞いてくる。

「倉井くんのお父様はおいくつですか？」

「え？」

ふいを突かれて僕は言葉に詰まった。その一瞬、頭に浮かんだ父さんの姿は、イギリスで仕立てたスーツをびしりと着こなし、迎えのハイブリッドカーに乗り込む元気な頃のそれだ。染めなくなった頭のあちこちから白髪が覗き、水色のパジャマを着た人じゃない。一回り小さくなった顔に皺《しわ》が増え、ゆったりしたパジャマの上からでも体中の肉が削げたことがわかる、あの人じゃない。

僕は手近な一冊で顔を隠すようにして、意味なくページを繰りながら言った。

「五十五、六……たぶんそのあたりですかね」

「なるほど」

槇乃さんは真剣な顔のままうなずき、スッと人差し指を立てる。そして僕が顔の前でひらいた本を指した。

「だったら、本棚にあった本と同じバージョンは、それです」

「え、わかるんですか」

僕の驚きっぷりに、槇乃さんは小さな鼻をピクピク震わせて、肩をそびやかした。

「倉井くん、『父が学生時代に読んで蔵書にした』と言っていたでしょう？　こちらの新潮文庫はつい数年前に出たばかりなので除外されます。残りは二つとも中公文庫ですが、こっちのグリーンを主体にした表紙のバージョンは二〇〇二年に出た改版なので、やっぱり除外されますよね。残るは、一九七三年にはじめて文庫化されたこちらかな、と」

槇乃さんは僕の手から該当しない二冊をさっさと抜き取る。僕は手元に残った中公文庫版を閉じて、あらためて表紙を眺めた。

絵の具がにじんだような淡い水色の上に、シンプルな白鳥が一羽描かれている。進行方向——表紙のちょうど右斜め上——を見つめる白鳥は心持ち寂しそうに、でも凜《りん》としていた。見たことがあるような気もするけど、気のせいかもしれない。

「どうでしょう？」

槇乃さんの漠然とした問いかけに、僕は真ん中あたりのページをひらいて、「どうだろう」と言いよどむ。少し黄ばんだページの文字組は、最近の本に比べて行数も文字数も多かった。視界が圧迫されて、よほどの読書好き以外は腰が引けてしまいそうだ。少なくとも、僕は引けた。ページからすぐに目をそらし、槇乃さんに聞いてしまう。

「あの、つかぬことをうかがいますが、白鳥って歌うんですか？」

「そうねえ。言い伝えでは、死ぬ前にそれはそれは美しい歌を歌うって話だけど――」

槇乃さんが不自然に言葉を切った理由はわかる。僕の目から、また涙がこぼれたからだ。父さんを連想するキーワードで、パブロフの犬のように泣くなんて恥ずかしい。でも、焦れば焦るほど、涙は止まらなくなる。

「あ、ちょ、いや、これは……」

しどろもどろになる僕の肩を、槇乃さんが小さな手でふわりとおさえた。

「落ち着け、青年」

槇乃さんはひょうひょうと言った後、僕を見てにっこり笑う。呪文じゃないけれど、慌てず騒がず同情せずの響きをもったその言葉は、実によく効いた。僕は涙が止まったことをたしかめてから、肩を上下させて大きく深呼吸する。まだどこか冷たい空気の残る地下ホームでぶるりと身を震わせ、一息に言った。

「父は病気なんです」

父さんが病室で老眼鏡をかけて、冗談を口にしながら読書に励んでいたのは、入院初期の話だ。化学放射線療法が本格化すると、あっけなく弱ってしまった。

本を読むことはもちろん、冗談を言うことも、起き上がることすらままならず、背を丸めて苦しそうな息をつづける父さんを、僕は見ていることしかできない。体をさすることすら、怖い。いや、正直に言う。気持ち悪いのだ。うつる病気でもないのに、そのだだっ広く妙に豪華な白い病室に父さんと二人でいるだけで、息をするたび暗く重い何か影のようなものがべったりと、自分の肺を侵していく気がする。嫌だった。病気の父さんが、僕はとても嫌だった。

自分を心底最低だと思うのは、そんな本当の気持ちを体《てい》よく誤魔化したところだ。父さんが三度目の結婚で妻にした——僕の継母となる——沙織《さおり》さんは、三歳の双子の娘達の世話で忙しかったから、僕が代わりに父さんの世話係を買って出た。本心では「気持ち悪い」と思っているくせに、いそいそ着替えなんか持っていったりして、見舞いに来た父さんの会社の人達ともそつなく談笑したりして、孝行息子を演じている。でも、それはあくまで外側に対してだ。花を飾ったり果物を切ったりは率先してやるくせに、下の世話や体を拭くことはおざなりにしかできず、父さんが嘔吐《おうと》するとすぐにナースコールを押してしまう僕を、父さんはどう見ているのだろう？

——父さんの本棚から『白鳥の歌なんか聞えない』を持っていったの、史弥だろう？あれ、そろそろ返してくれないか？

ものすごく久しぶりに父さんから本の話をされて、やましい気持ちのあった僕は、何が何でも返さなきゃと思った。まるでその本が、父さんの生きる希望みたいに思えたから。

いや、そうなってくれたらいいなと願ったから。

「やっぱり、こっちの方がいいかも」

そんな言葉と共に僕の手に、グリーンの背景に白鳥と青年のイラストが描かれた表紙の文庫本が戻ってくる。

「新潮文庫版？」

「うん。今の若者達に読んでもらえるよう出版されたものだから、読みやすい文字組になっていますよ」

槇乃さんはどうやら僕が古い中公文庫版のページの圧迫感にこっそり白旗を揚げていたことを見抜いていたらしい。僕が戸惑いながら裏表紙に書かれたあらすじを読んでいると、中身は変わっていないし、最新のあとがきもついていますし、と槇乃さんはテレビショッピングの司会者みたいな饒舌《じょうぜつ》さでたたみかけた。最後にダメ押しのように言い切る。

「倉井くんが読めば、その本はお父様の読みたい本になりますしね」

「……どういうことですか？」

槇乃さんは僕の質問には直接答えず、手品師がタネを明かすように、両掌を僕に向けた。

「お父様にあらゆる種類の『白鳥の歌なんか聞えない』の本を渡したということですが、倉井くんはその中の一冊でも読みました？」

「……読んで、ない、です」

僕は歯切れ悪く答える。とにかく「早く父さんの望みの本を返さなきゃ」と焦っていたから、書店を巡って、見つけて、買って、その書店のビニールバッグに入ったまま渡したことも多かった。

「なら、読んでください。読めば、わかりますよ、お父様のいわんとすることが」

「いや、でも僕、いつもみんなとは本の感想が全然違っていて、何ていうか薄っぺらい感想というか、筆者の伝えたいことを読み取る力もないし――」

小説も漫画も読む資格がないんですよ、と和久さんと栖川さんにも言った言葉を繰り返した僕を、槇乃さんはにっこり笑い飛ばした。

「読書をする資格のない人なんて、いないですよ」

「でも」と口ごもる僕に、槇乃さんはつづけた。

「読書は究極の個人体験です。人によって響く部分が違うのは、当たり前なのです。作者の思いやテーマを汲《く》み取る努力を、読者がしなければならない義理はありません。好きに読めばいいんです。感想を誰かと同じになんかしなくていいんです」

――自分で読んでみたらいいよ。

父さんの声が耳の奥でする。白熱灯に照らされた家の書庫で、小学生の僕が父さんの木製の本棚から一冊抜き出して「これは、どういう本?」と尋ねるたび、父さんは黒革のソファに腰かけ、にこにこ笑ってそう答えたものだ。あらすじくらいは教えてくれたかもしれない。けれど、父さんが読後に抱いた感想を聞いたことは一度もない。ただの一度も。

「究極の個人体験、か」

僕は嚙みしめるように、槙乃さんの言葉を繰り返した。父さんもきっと同じことが言いたかったんだろう。そして、僕にも味わってほしかったんだろう。人とのリアルな付き合いの中で自分を出すのが苦手で、誰かの眼鏡を通してでしか、世界を味わえていない僕にも。SNSで自分を盛りつけるための、趣味と生活しか持たない僕にも。

僕は手に持った文庫本の表紙を、あらためて眺める。

『白鳥の歌なんか聞えない　庄司薫』

父さんは小学生の僕に、本の感想を押しつけたことも、また特定の本を薦めたこともなかった。書庫に入るたび、「好きな本を選べばいい」と言われたものだ。

――俺の読みたい本は、これじゃないいんだよな。

父さんがそんな回りくどい言い方をしてまで、僕にこの本を読んでほしいのだとしたら。

僕は表紙をそっとめくる。久しく閉じられていたページが地下の空気に触れて、ぱりぱり言う。

「この本、買います」

僕は小さな声で言って、新潮文庫版『白鳥の歌なんか聞えない』を槙乃さんに差し出した。

「毎度ありがとうございます。じゃ、お会計しますので上に戻りましょう」

槇乃さんは文庫本を押し戴《いただ》くと、にっこり笑ってきびすを返した。

＊

レジで支払いを済ませた僕に、まだ喫茶店に居座っていた和久さんが声をかけてくる。

「遅かったな。さっき上り電車出ちまったぞ」

「え」

僕は咄嗟《とっさ》に槇乃さんを見た。槇乃さんはレジの後ろにかかった壁掛け時計を見上げ、

「あら、ごめんなさい」と気楽に謝る。

「のんびりしすぎちゃったみたい」

「仕方ない。次の電車を待ちます」

「今日の上りは、さっきので終わりだ」

栖川さんがさくっと言うので、僕はまた「え」と声をあげる羽目になった。

「まだ午後十一時前ですよ？」

「金曜日はそんなもんだ。あきらめろ」と和久さんはあくまですげない。

「あきらめきれませんよ。だいたい、僕は今夜どこで過ごせばいいんです?」

「知るかよ」

和久さんが奥目を細く吊《つ》り上げ、けけけと笑う。悪魔だ、この人、本当に。

僕が〈金曜堂〉のロゴが入ったカバー——さっき栖川さんがカウンターで折っていたやつだ——をしてもらった文庫本を抱えておろおろしていると、レジカウンターにいた槙乃さんがさらりと言った。

「泊まっていっていいですよ」

「え? どこにっ?」

反射的に聞き返した僕は、一瞬にしてありとあらゆる想像を天然色で展開し、おおいにあわてふためく。

「ここだよ、ここ、本屋の中に決まってんだろうが。どこだと思ってんだコラ」

和久さんに刺すような目で睨まれ、僕が言葉を詰まらせる中、槙乃さんはマイペースに言った。

「ちょうど今夜は棚の入れ替え作業なので、私達も遅くまでいることになると思います。バタバタうるさくて落ち着かないだろうけど、よかったら〈金曜堂〉に泊まっていってください。ブランケットをお貸ししますよ。空調は一晩つけておきますし、喫茶店のソファをベッド代わりにしてもらえばいいし、お風呂は……ちょっと我慢してもらうとしても、終電を逃させてしまったお詫《わ》びに、お夜食くらいなら作ってあげられるよね、栖川くん？」

栖川さんがこくりとうなずく。まっすぐな黒髪がぱさりと青い目にかかったのを、額を振って払いのけながら、さっそくガスコンロに鍋をのせた。

僕は何と言っていいかわからず、抱えた文庫本に目を落とす。そしてふと、いい機会かもしれないと思った。

一晩というリミットのあるこの本屋の中でなら、ちょっと変わった書店員達の目があるここでなら、読書に不慣れな僕でも、どうにか最後まで一気に読み通せるんじゃないか？

「泊まっていきます」

僕が打って変わって乗り気になると、槙乃さんはまぶしそうに目をしばたたいた。

喫茶店のキッチンカウンターで栖川さんが手早く作った夜食は、お雑煮だった。さっきの磯辺巻といいお雑煮といい、正月の餅を余らせて困っているのだろうか。

焼いた餅と鶏のもも肉、小松菜、かまぼこが具材となり、ゆずの皮が浮いた出汁《だし》はかつお風味の醤油味だ。僕の家の雑煮と変わらなかった。

「お正月みたいですね」

僕は厭味《いやみ》に聞こえないよう言ったのだけど、カウンターに並んで座った槙乃さんと和久さん、それにカウンターの中にスツールを持ち込んで座っている栖川さんは顔を見合わせ、かすかに笑っただけだった。

「こっちの冷蔵庫に、フルーツみつ豆が冷やしてあるから。小腹が空いたら食べるといい」

栖川さんのその言葉で、槙乃さんと和久さんがまた笑う。何がおかしいのかわからない僕はすっかり置いてきぼりで、ちょっと悲しく、だいぶ悔しかった。

けれど、オーナーの和久さん含めた〈金曜堂〉書店員が棚の入れ替え作業とやらで地下に降りた後、一人で文庫本を読みはじめると、すぐに彼らの笑顔の理由がわかった。

小説の中に出てきたのだ、お雑煮とフルーツみつ豆が。

主人公の薫くんと幼馴染みの由美ちゃんが《小学生時代から》いきつけの《若草》という《小さいおしるこ屋》で向かい合って食べていた。由美ちゃんは《フルーツみつ豆》、薫くんは《お雑煮二つと磯辺巻を二つ》。少々食い過ぎじゃないかと思うけれど、とてもおいしそうに感じた。僕がこう感じることを見越して、あのメニューを用意してくれたのだとしたら、栖川さんは本屋の中にある喫茶店に実にふさわしいマスターだと言える。

僕はスツールから降り、唯一のテーブル席に移動して読みつづけた。空色のソファにもたれると、本を読むのにちょうど具合よくライトの光が当たる。

《春が来るとなんとなく嬉しくてそわそわしてしまうのだけれど、そんなところをひとまえでは絶対に見せまい、なんて変なところで頑張って暮したりしている。》という薫くんの男らしさの機微はわかりづらく――男の子らしさと呼んだ方がいいかもしれない種類の繊細さで――あいにく僕にはあまり備わっていないものだった。僕はどちらかというと《「春が来たから嬉しい」みたいなことを平気で言ったりしたりしてくる》由美ちゃん派だ。薫くんはそれを女の子独自のふるまいのように考えているようだけど、僕みたいな男は周りでもけっこう多い気がする。これが時代の流れってやつか。一九六九年の十九歳である薫くんから見たら、嘆かわしい未来だったりするのだろうか？

物語と同時に展開される――というより物語を引っ張っていく――薫くんの『男の子の主張』に対し、僕が気楽におやおやと眉を上げたり、首をひねったり、はたまた大きくうなずいたりできたのは、けれど最初のうちだけだった。

年上の美しい女性、小沢さんといっしょに彼女の祖父の家を訪ねるあたりから、一気に余裕がなくなってしまう。そこに書かれたシーンを想像すると、背中にじっとり嫌な汗を掻き、薫くんの語りを読み進むごとに、体がソファにめり込んでいくような感覚に陥り、動けなくなった。

もう読みたくないと何度も思ったのに、それでも目は活字を追い、汗ばんだまま、僕は薫くんの饒舌なお喋《しゃべ》りを浴びつづける。

「読むの、早いですね」

耳元で声がして、我に返る。

あわてて振り向くと、槇乃さんがモスグリーンのエプロンを右肩だけずり下げた状態で立っていた。髪はほつれ、頬はうっすら上気している。

「何……やってたんですか？」

「え？　棚の入れ替えですけど」

「ずいぶん重労働なんですね」

「本もコミックスも、束になったら重いですからねえ」

そう言って、槇乃さんはポーズのようにトントンと肩を叩いてみせた。

「でも、明日はこの近くの野原高校がバスケットボールの試合会場になってるんです。駅の本屋としては、駅を利用してくださる他校のバスケ部のみなさんの興味を、少しでもひきそうな書籍やコミックスを並べておきたいじゃないですか」

こっちこっち、と手招きされて、僕は槇乃さんについて売り場スペースに行く。直木賞受賞作が積まれていた平台が、いつのまにか、『SLAM　DUNK』『HI5！』『DEAR　BOYS』などのバスケ漫画をはじめ、『ぼくたちのアリウープ』『走れ！T校バスケット部』『ファイブ』『最後のシュート』といったフィクション、ノンフィクション取り混ぜた書籍の数々に変わっていた。台の端には、バスケットボールを持ったユニフォーム姿のクマの編みぐるみが飾られている。

「……これ、明日のための入れ替えですか？」

「はい。試合は明日しかないので」

槇乃さんは何でもないことのようにうなずく。その仕事への情熱に、僕は感嘆せずにはいられない。

「すごい」

しかし、槇乃さんには僕の賞賛の対象が誤って伝わったようだ。

「すごいでしょう」とうなずき、クマの編みぐるみを指さした。

「栖川くんが作ってくれたんですよ。彼、とても器用なんです」

「あ、いや、クマじゃ——や、クマもたしかに——」

槇乃さんはふふっと嬉しそうに肩をすくめて笑うと、また喫茶スペースへ戻りながら聞いてくる。

「倉井くんがアルバイトしていた本屋さんは、棚の入れ替えはあまりしなかったですか？」

僕はとっさに目をそらし、空咳《からせき》をした。槇乃さんは大きな目をきらきらさせて僕を見つめたままだ。僕はあっさり降参した。

「あの、すみません。僕、嘘《うそ》をつきました」

「どんな？」

槇乃さんはすとんと空色のソファに腰をおろす。僕はその向かい側に腰かけると、大きく深呼吸してから、一息に言った。

「書店アルバイトの経験、実はないんです」

「あら？　そのわりにはずいぶん――」

「書店や書店用語には馴染みがあるんです。僕の一族の商売が……書店経営なので」

「へえ。倉井くんのお家《うち》って、本屋さんなんですか？」

「いいえ、家は家で別にあって、店舗は全国に……本店は、神保町《じんぼうちょう》の〈知海書房《ちかいしょぼう》〉っていう書店なんですけど」

「〈知海書房〉」と目を丸くした槙乃さんは、僕を指さして口をあけたりとじたりする。

「知ってますよ。業界最大手の〈知海書房〉！　倉井くんって、もしかしてあの倉井社長の息子さんですか？」

僕は「はい」と素直にうなずく。やっぱりすごいな、と他人事《ひとごと》のように父さんを讃《たた》えた。

僕の曾《ひい》お祖父《じい》さんが興し、現在は父さんが社長をしている〈知海書房〉は、創業百年を超えた。支店は全国に三十以上あって、槙乃さんの言う通り、日本で有名な書店の一つだと思う。書店名を知らない人でも、海にヨットの浮かんだイラストがついた書店カバーはどこかで目にしたことがあるだろう。

だけどほんの二十年くらい前までは、〈知海書房〉も歴史が古いだけで、神保町で細々とつづく町の本屋にすぎなかった。電子書籍、資料や希少本のデジタル化サービス、コンピューター管理などのいち早い導入や、図書館やネット通販会社との提携と、事業の多角化を推し進めて会社をここまで大きくしたのは、父さんだ。

エネルギッシュという言葉とは正反対の穏やかな物腰で、成果をあげてきた人だった。

——お客様が本の海で溺れないように、要所で浮き輪を投げてやるのが本屋の役目さ。

幼い頃よく〈知海書房〉の本店に遊びに行き、フロアの本の表紙や背表紙を隅から隅まで眺めて歩くのが好きだった僕に、父さんが嘯《うそぶ》くように語ったのは、倉井家に代々伝わる帝王学だったか？　はたまた、ただの冗談だったのか？　今でもよくわからない。

わからないまま、僕が〈知海書房〉本店で遊ぶことは、いつしかなくなった。なぜか？成長して行動範囲が広くなり、他の遊び場を見つけたからということもある。

だけど一番の理由は——。

「本屋の息子のくせに僕、大きな本屋に入ると、気持ち悪くなるんです」

眼鏡を押し上げながらの僕の唐突な告白に、槙乃さんが息を詰めるのがわかった。口の形が「お」になっている。

「本もコミックスも雑誌もたくさんありすぎて、オエーッてなります」

槙乃さんの眉が寄り、真剣な顔になった。何か言われる前に、あわてて言葉を継ぐ。

「あ、〈金曜堂〉は大丈夫です。あの広い地下書庫を見ても、不思議と大丈夫でした。ダメなのは、〈知海書房〉ですね。父が仕入れの選定までしていると知ってから、特にダメになりました」

「どうして?」

肩でうねるウェーブの髪と同じやわらかさが、槇乃さんの口調にはあった。

「あの人、忙しい身を削るようにして、小説もエッセイもノンフィクションも絵本も漫画も全部、可能なかぎり新刊を読みつづけているんですよ。信じられますか? 自分の好みとか超越して、そう、何もかも超越して、父は無数の物語や主張をのみこんでいく。知ることを恐れない。それが書店経営者としての矜持《きょうじ》なのか、人間としての器なのか、わからないけど、でも、僕が父のようにはなれないってことだけは、たしかです。そんな自分の器を知ったら、おいそれと〈知海書房〉に近づくことができなくなって、でも――」

それでも中学生くらいまでは、まだ僕もがんばっていたと思う。〈知海書房〉全フロアの本を既読とすることは無理でも、せめて家の父さんの書棚にある蔵書くらい、全部読んでみようと、ひそかに計画を立てたりした。

だけど結局、二十歳になった今でもやりとげられずにいる。

父さんがお客様に投げてきた浮き輪は、息子の僕には届かなかった。溺れてしまうから海には入りたくない、海が怖い、海は嫌いだ、と砂浜で足を踏ん張って主張する息子に、いつしか父さんは、浮き輪を差し出すことすら躊躇《ちゅうちょ》するようになっていた。

父さんが僕に本の話をしなくなって久しい。穏やかな父さんとはいがみ合うこともなく、雑談であればいくらでも盛り上がれるのに、本の話になると、とたんにぎこちない沈黙がつづいてしまう。我ながら勝手だけど、今度はその沈黙が悲しくて、悔しくて、僕はますます意地を張って、本から遠ざかっていた。

そして父さんを、つねに遠く、仰ぎ見ていた。病に倒れた今だからこそ、父さんがどれだけ途方もない存在か、ひしひしと感じて焦ってしまう。

僕は眼鏡のつるをいじりながら、ため息をつく。

「父は三回結婚して、母親の違う子供が四人います。僕は最初の子供で、しかも唯一の息子。〈知海書房〉は同族経営でやってきたから、真っ先に跡を継ぐことを、期待されちゃうんですよ」

「お父様からも?」

「父は何も言いません。ただ——」

僕はデニムの上に置いた掌をぐっと丸めた。

「僕のことは、僕と同じくらいわかっていると思いますよ。『僕には無理だ。父さんと同じ仕事ができるわけない。書店経営には向いていない』って」

槙乃さんは何の物音も聞き漏らすまいといった表情で、僕の顎のあたりを熱心に見つめていたが、ふいに「お腹が空きましたね」とつぶやき、立ち上がった。そのままカウンターの向こう側にまわり、冷蔵庫から出したフルーツみつ豆を二つ、トレイにのせて戻ってくる。

「はい、どうぞ、由美ちゃん」とレトロなガラス鉢に入ったフルーツみつ豆を、僕の方に押し出す。僕がどうリアクションしていいかわからず固まっていると、大きな目をくるりと動かし、小首をかしげた。

「〈若草〉でフルーツみつ豆を注文するのは、由美ちゃんよね、たしか」

僕はようやくうなずき、缶詰らしきパインと寒天をいっしょに口に入れる。ひやりと冷たい寒天を奥歯で噛みながら、個人的な打ち明け話をしすぎただろうか？　と急に不安になった。

「〈金曜堂〉のみなさんは、『白鳥の歌なんか聞えない』を読んでいたんですね」

僕がガラス鉢を持ち上げ、無理に話題を変えると、槙乃さんは例によってにっこり笑った。

「〈金曜日の読書会〉の課題図書だったもので」

「あ、読書会って、和久さんの言ってた？」

「うん。高校で私が作った同好会なんです。読書同好会。活動日が毎週金曜日だったから、〈金曜日の読書会〉」

「じゃ、みなさんは……同級生？」

「ええ。大事な、とても大事な仲間です」

槇乃さんは噛みしめるように言って、ゆるくウェーブのかかった髪を指にくるくる巻きつける。大きな目に僕を射抜くような強い光が宿り、瞳の色が中心に向かってグラデーションをつけて濃くなっていった。

「倉井くん、どこまで読めました、この本？」

僕はバナナをすくおうとしていた木のスプーンを置き、テーブルに伏せっぱなしにしていた文庫をまた手に取る。僕の示したページにさっと目をやり、槇乃さんは「ふうん」と言った。

「今夜中には読み終わりそうですね」

「たぶん」

「ぜったい読めますよ。だって倉井くん、読書好きですもんね」

からかっているのだろうか？　僕が黙ったまま見返すと、槇乃さんは「ん？」と涼しげに首をかしげた。

「私はそろそろ仕事に戻ります。どうぞごゆっくり」

さっと立ち上がり、エプロンのしわを伸ばして去っていく。テーブルの上にぽつんと残った槇乃さんのガラス鉢は、いつのまにか空っぽになっていた。

僕はソファの上で何度か座り直し、また本の中に入っていく。

当たり前だけど、僕が槇乃さんとお喋りしている間、本の中の世界は止まっている。薫くんが、由美ちゃんが、小沢さんが、それぞれの事情を抱えて立ち尽くしていた。そして、小沢さんのおじいさんという博覧強記の偉大な存在が、ゆっくりその生を閉じようとしていた。人の死に大小はないというけれど、このおじいさんの死は小説の中心に据えられているだけあって、途方もない大波となって若い登場人物達にふりかかっていく。

ちょうど今、父さんの死に至るやもしれぬ病が、僕の心をずぶ濡《ぬ》れにしているように。由美ちゃんや小沢さんが感じやすいその心を震わせて、ひどくいびつにやさしくなっていくのを、薫くんは全力で阻止しようとする。

わかるけど、薫くんの気持ちとか意地とか本当にわかるんだけど、それは男として――いや、人間として――理想の形であって、とてつもないスーパーヒーローであって、僕は心のどこかで「そんなに強くなれるかよ」とそっぽを向きたい自分がいることを意識しないわけにはいかない。

――はい、どうぞ、由美ちゃん。

槇乃さんの声が耳の奥でよみがえった。僕は電流のように体を貫いた閃《ひらめ》きで、思わず本を閉じてしまう。あわてて今まで読んでいたページを探しながら、「そうか」とうめいた。

僕は、由美ちゃんだったのか。

この本を読みはじめてから今の今までずっと、父さんは僕に「薫くんみたいな男になれ」と言いたいのだろうと考えていた。

だけど、違った。大間違い。父さんは今の僕が由美ちゃんだと気づかせたかったのだ。偉大な人の死に怯え、死という距離のつかめない——だけど自分や自分の周りの今ピンピンしている大事な人達もいつか必ず捕まり取り込まれる——風景を見つめ、ふだんの自分からは想像もできないやさしい気持ち、本の中の言葉を借りれば《沈んでいく大きな夕日に向って草笛を吹くような気持》になっている女の子。そのくせ、現実的な死を垣間見《かいまみ》せる病人のそばにいると、気が滅入っちゃう女の子。死を恐れるあまり、自分がまだ若く、ちゃんと生きていることをたしかめるために、一番近くにいて一番心を許しながらも一番舐《な》められたくない男の子に、相当みっともないことをしちゃう女の子。

やっぱり、そうだ。性別の違いこそあるものの、由美ちゃんのやらかす言動は、まんま僕に当てはまっている。

「うわあ」

僕は顔を覆って身もだえした後、自分のガラス鉢に残ったフルーツみつ豆を猛然と食べはじめる。ラスボスをやっつけるがごとく、むしゃむしゃとパインを食べ、ミカンを食べ、モモを食べ、赤エンドウマメを嚙み砕き、寒天を飲みこみ、求肥《ぎゅうひ》を嚙みしめた。本の中で由美ちゃんはどんどん物が——あんなに好きだった〈若草〉のフルーツみつ豆すら——食べられなくなっていくものだから、せめてそこには抗《あらが》いたかったのかもしれない。

口をぬぐって、僕は考える。

そんな由美ちゃんを大事に見守り、《ぼくは、なんとなく、そういう病気とか死にそうなひとのそばになんて、きみがあまりいてほしくないんだよ。ほんとに、ほんとになんとなくなんだけどね。》と慎重に言葉を選ぶ薫くんは、父さんに他ならないだろう。年齢的、状況的に小沢さんのお祖父さんに近い父さんだけど、僕に対しては薫くんにならざるをえなかったのだ。

父親の病気をきっかけに、妙に従順に家業を継ごうとして劣等感に苛《さいな》まれたり、慣れない看病で疲労困憊《こんぱい》したり、挙げ句、大学を休学してまで父親に付き添おうとする息子に、その頑張りは方向性が違っていると、気づかせたかったんじゃないだろうか、父さんは。けど、父さんの口から言われたら、自分に自信のない僕は叱責と捉える。助言を命令に感じる。だから、『白鳥の歌なんか聞えない』を読ませようとした。僕がこの物語から、父さんのもどかしい思いや、やさしい励ましを、読み取ることに賭けたんだ。

《病気になったおかげでやさしくされるくらいなら、ひと思いに死んだ方がましだ。死にかけたおかげで愛されるくらいなら、いっそのこと象のようにこっそり姿を消して独りで死んでやる》と息巻く十九歳の薫くんと同じ激しい思いが、五十歳を超えた父さんの中にもあるのだろう。

僕はようやく空になったガラス鉢に木のスプーンを放り込み、ぐったりとソファの背にもたれた。目は相変わらず本の活字を追っていたけれど、頭には父さんの顔が浮かんで離れない。やがて今の父さんの顔に、僕が写真でしか見たことのない若い父さんがかぶり、若い父さんの顔は、ゆっくり僕の顔に変わっていった。

僕が読み終わった文庫本を静かにテーブルに置くと、計ったようなタイミングで槇乃さんがバックヤードのドアをあけて出てきた。

「読み終わりましたよ」

そう告げた僕の顔をまじまじと見つめ、「それはよかったです」とにっこり笑う。

「お父様の読みたい本が返せますね」

僕は表紙をなでて、「はい」とうなずいた。きっとこれが父さんの読みたい本だ。今、心からそう思える。

「上りの始発は五時五十九分です。まだ少しありますね」

あたたかいコーヒーでも淹れましょう、と槇乃さんは空いた二つのガラス鉢をトレイにのせてカウンターへ向かう。

「栖川さん達は？」

「無事、入れ替え作業が済んで、眠っています」

「地下ホームで？」

「地下書庫で。こういう日のために簡易ベッドもあるんですよ」

槙乃さんはどこか得意そうに言った。僕はうなずき、ふと思いついたことを口にする。

「薫くんシリーズって、あと三冊ありましたよね？　僕、全部読んでみようかな」

「ありがとうございます。もう読書や本屋が苦手なんて言わせませんよ」

実験中の研究者のように真剣な目でサイフォンコーヒーのフラスコを睨みながら、槙乃さんが言う。大きな目が寄り目になっていて、子供のにらめっこみたいだ。

「南店長、いろいろありがとうございました」

僕があらたまって頭を下げると、槙乃さんはあわてて寄り目を戻し、ロートの中を竹べらでかき混ぜながら頭を下げ返す。コーヒーのいい香りが、僕の鼻先をくすぐった。

「いい匂いですね」

「そうですね。でも私」と槙乃さんは言葉を切って、本当に恥ずかしそうに打ち明ける。

「この匂いにふさわしいくらい、おいしいコーヒーを淹れられたことは、まだ一度もないんです」

＊

北関東の小さな駅の中にある本屋は、『読みたい本が見つかる本屋』らしい。

ネット上のその噂は、少なくとも僕と父さんにとっては事実だった。

三月の終わりに、僕は広尾の自宅を出た。生まれ育った東京を離れて、三年次から通う大学キャンパスの近所で独り暮らしをするためだ。

あの日、戻ってすぐに父さんの病室を訪ね、〈金曜堂〉のカバーがかかった『白鳥の歌なんか聞えない』を差し出しながら、大学を休学しない旨を伝えると、父さんはにこにこ笑って、新潮文庫版のその本を受け取ってくれた。

——そうそう。これが読みたかったんだ。ありがとう。

——うん。あ、僕は今、『赤頭巾ちゃん気をつけて』を読んでるよ。

——そうか。父さんはケン・リュウの『紙の動物園』が途中で止まってしまっている。早くつづきが読めるくらい、回復したいものだ。

相変わらず自分に自信は持てないし、将来についても真っ白なままだけど、父さんと久しぶりに本の話ができたことは、そして、これからも本の話をしていこうと思えたことは、僕の心をずいぶん軽くしてくれたものだ。

新しいマンションに落ち着いた金曜日、僕はさっそく最寄りの竈門駅から蝶林本線の下り電車に乗りこんだ。デイパックから単行本を取り出し、目を落とす。

〈金曜堂〉から帰る電車の中で読みはじめた薫くんシリーズ残り三冊はあっという間に読み終わり、今は田丸雅智《たまるまさとも》の『海色の壜《びん》』を読んでいた。

僕は眼鏡のブリッジを押し上げ、窓の外に目をこらす。

夕暮れが車窓の上半分を染めていた。やがて二つのホームを有する野原駅が近づいてくる。今日も3番線ホームが使われている形跡はない。

ドアがひらくのももどかしく、僕はホームに飛び降りる。そのままホームの端まで走り、階段を駆け上がった。

階段の先にある跨線橋では変わらず、〈金曜堂〉が店をひらいていた。ほんの数週間しか経っていないのに、ずいぶん久しぶりに感じる。

僕は呼吸と髪を整え、ついでに眼鏡の位置も直して、ゆっくり近づいていった。透明ガラスの壁を行き過ぎ、喫茶スペース側の壁に貼られた紙がまだあることを確認してから、わざわざ売り場スペースの方の自動ドアまで戻る。

店内では槙乃さんが季刊誌を入れ替え中で、栖川さんが喫茶店のカウンターの上で雑誌に付録を挟んで紐で縛っており、その前で和久さんが我関せずとコーヒー片手に、〈金曜堂〉のカバーがかかった文庫本を読んでいた。他に客の姿はない。金曜日だからだろうか。

僕が「南店長」と槙乃さんの背中に声をかけると、すぐに気づいてくれた。

「あっ、庄司薫の『白鳥の歌なんか聞えない』をお買い上げくださった……」

ただし、僕の名前は忘れていたようだ。

「……はい。『白鳥の歌なんか聞えない』を買った倉井です。『赤頭巾ちゃん気をつけて』

『さよなら怪傑黒頭巾』『ぼくの大好きな青髭』も買っていった倉井史弥です」

「今日は何が読みたいんだコラ」

和久さんがすぐに話に入ってくる。栖川さんも手を止めて、青い瞳で僕を見つめた。

「いえ。あの、今日は、表の貼り紙にあった書店アルバイトの件で——」

「アルバイトに来てくれるんですか?」

槇乃さんがぱんと両手を合わせ、大きな目をさらにみひらく。僕がうなずいて差し出した履歴書をほとんど見ないままエプロンのポケットにしまい、スキップせんばかりの足取りでバックヤードに戻り、クリーニング屋のビニール袋に入ったモスグリーンのエプロンを抱えて出てきた。

「じゃあ、これ着けてくださいね」

「あ、え? 今から?」

「文句言うな、坊っちゃんバイト!」と和久さんの無駄に怖い檄《げき》が飛ぶ。

「いや、だって、お客さんいないし」

「客対応だけが、本屋の仕事じゃねぇぞ」

僕は黙って和久さんの顔を眺める。

「な、何だよ? 俺はオーナーだからよ。ここでドーンと構えてるのが仕事なんだよ。本屋の致命傷ともなりうる万引きを未然に防ぐためにも、睨みをきかせてドーンと——」

「ヤスくんは不器用で、梱包《こんぽう》とか、透明フィルムでぴっちり包むシュリンクとか、無理なんです。その代わり、荷解きでは大活躍しますよ。ね？」

槇乃さんが一ミリも悪気なさそうに真実をぶちまけると、栖川さんもコクコクと言葉は発さないままうなずいてみせた。和久さんは気まずさを掻き消すように怒鳴る。

「とにかく、とっとと働けコラ」

僕は槇乃さんの前に一歩出た。

「あ、えっと、何をお手伝いしましょうか？」

「そうですねえ」と槇乃さんは店内をぐるりと見渡した後、僕をまじまじと見つめ、ぱっと顔を赤らめた。もしかして恥じらっている？　そう考えたとたん、目の前に立つ槇乃さんの大きな目や小さな鼻やつやつや光っている唇なんかが目に飛びこんできて、僕は視線をそらせなくなる。

「まずは言わせてください。倉井くん――」

え？　まさかいきなり告白？　ここで？　みなさんの前で？

僕がたじろいでいる間に、槇乃さんはいったん自分の体を包むように交差させた両腕を、パッと広げた。

「〈金曜堂〉へようこそーっ！」

新しい春と本の匂いが、ふわりと薫った。

第2話

マーロウにはまだ早すぎる

バックヤードのドアがノックと同時にひらき、店長の槇乃さんが顔を覗《のぞ》かせた。

「倉井くん、返品《へんぴん》伝票は書けましたか？」

「あ、まだです。すみません。あと、ちょっと」

僕はボールペンを取り落としそうになりながら、ぺこりと頭を下げる。

辺鄙《へんぴ》な駅の中の本屋〈金曜堂〉で僕がアルバイトをはじめて、やっと一ヶ月になろうとしていた。戦力的にはまだまだ使えない新入りである。〈知海書房〉という全国規模の大型書店を経営する父を持ち、小さい頃は本屋が遊び場だったから、書店員の仕事内容は人より知っているつもりだったけれど、客として訪れる本屋と、書店員として働く本屋は、全然違うものなのだと骨身に染みる毎日だ。

返品とは、文字通り雑誌や書籍を発行元の出版社に返すことで、最近はコンピューター上で処理する店がほとんどだと思う。圧倒的に手間が少なくて済み、効率がいいからだ。ところが、〈金曜堂〉では返品伝票を手書きする。槇乃さんいわく「返品伝票を書く手間を知ると、無駄な注文をしなくなりますから」とのことだが、新入りの僕にとっては、ひたすら忍耐力を試される地獄の作業となっていた。なんせ槇乃さんや栖川さんといったベテラン書店員に比べて、おそろしく時間がかかる。いくら利用客の比較的少ない本屋とはいえ、書店員の数に限りのある中、伝票作成ばかりに労働時間を割《さ》いてしまっている自分が情けなくもあった。

まだ白いところだらけの返品伝票の束と僕を見比べ、槇乃さんは大きな目をくりくり動かす。

「じゃ申しわけないけど、伝票は後回しにしてレジに立ってもらえますか？」

「え」

「私、今日中に次の新刊の仕入れ冊数を決めなきゃいけないんです。栖川くんは接客中だし、ヤスくんはもう帰っちゃったから、人手がなくて」

槇乃さんは、両手をあわせて拝むように肩をすくめた。

本の問屋ともいうべき取次《とりつぎ》が薦める書籍のタイトルや冊数通りに注文する本屋も多い中、〈金曜堂〉では店長の槇乃さんが、時間と労力をきっちり割いてすべて決めているのだ。

返品にしろ仕入れにしろ、仕事にとにかく手間暇をかけることが、僕には新鮮だった。

「ウチは小さな本屋だから」と槇乃さんは言うが、小さな本屋ならどこでもできることではないだろう。かつては町の本屋だった〈知海書房〉が――ひいては僕の父さんが――マスに向けた全国規模の本屋になるために切り捨てねばならなかった部分が、〈金曜堂〉ではまだしっかり息づいている気がする。それが何だか嬉《うれ》しいし、心強いのだ、僕は。

〈知海書房〉と〈金曜堂〉、対極にあるような二つの本屋と接することで、僕の中に自分なりの『理想の本屋』のイメージが日々形作られていく気がする。

「わかりました」

僕は眼鏡を押し上げ、大きくうなずいた。

バックヤードにさがった槇乃さんと入れ替わりで、僕がレジカウンターに立つ。日曜日の夜というこの時間帯、フロアで本を選ぶ客より、店舗の一角に設けられた喫茶スペースで休んでいる客の方が多かった。

バーのようなカウンターの中にいる栖川さんと目が合う。艶やかな黒髪に整った鼻筋に切れ長の目といった純和風の顔立ちの中で、青い瞳が異質な輝きを放つ美青年だ。僕と同じモスグリーンのエプロンをつけた、れっきとした書店員だが、その仕事時間の大半はカウンターの中で料理や飲み物を作っていた。

カウンター席では、レトロなオレンジ色のランプシェードから落ちる白熱灯の明かりの下で、くたびれた中年男性がコーヒーを飲みながら、手帳にペンを走らせている。後ろのテーブル席では、大きなリュックを椅子にかけた小学生くらいの男の子が、ゆっくりピラフを食べていた。

ここのカウンター席には、いつもヤスくんこと〈金曜堂〉オーナーの和久さんが陣取っているのだが、今日は夕方にもならないうちに「飼っているウサギの具合がよくないので医者に診《み》せる」と言って帰ってしまった。派手な色使いのソフトスーツに金髪の角刈りという外見から、明らかにカタギじゃない職業の人に見えるし、実際、家業はその道からそう遠くないらしい和久さんの口から「ウサギ」という単語が出てきてびっくりするのは、僕だけじゃないはずだ。

やがて一時間に二、三本しかない上り電車が到着するアナウンスが流れると、喫茶スペースにいた男の子が立ち上がった。リュックを背負い、会計を済ませると、跨線橋《こせんきょう》を通ってホームにおりていく。テーブルにはまだ皿に半分以上入ったピラフが残されていた。

電車が到着すると今度は、その電車を降りた何人かの乗客が、改札に向かう途中で足を止め、〈金曜堂〉の店先に積まれた雑誌や新刊、あるいは槇乃さんが手書きした注目の新刊を紹介する貼り紙やＰＯＰ《ポップ》などをチェックした。時刻も時刻なので、長居はしない人がほとんどの中、一人の女性客だけが自動ドアをあけて、フロアの中央まで入ってくる。

「いらっしゃいませ」

〈金曜堂〉へようこそーっ！　という槇乃さんがよくするメイド喫茶並みの熱烈な歓迎はやめて、僕はあたりさわりのない挨拶で迎える。固い表情を浮かべた女性客は、微笑《ほほえ》みを返してくれるどころか、僕の方は見向きもせず、まっすぐ目の前の書棚に向かって歩いていった。

何となく目で追いかけた僕は「あっ」と小さな声をあげてしまう。

彼女のさげたショルダーバッグの角が、僕がコーナーを作ったばかりの文庫本の新刊に当たって何冊か崩れ落ちたのだ。けっこう大きな音がしたはずなのに、彼女は完全に無視を決めこんで、振り向きもしない。

——本屋に来てくれる人は、みんなお客様なんだよ。失礼のないようにね。

今は闘病中の身で〈知海書房〉の社長業を休んでいる父さんが、昔よく僕に言っていた言葉がよみがえる。そりゃごもっともだけどね、と僕はカウンターの上にのせた手をぎゅっと握った。お客様全員が神様とは限らないんじゃないかな、父さん？

黙って積み直すか、その女性客に「気をつけてくださいね」的な声をかけてからにするか、僕は迷った。人とかかわるのがあまり得意じゃない僕だが、アルバイトとはいえ仕事だ。一歩踏み込む勇気が欲しい。

助けを求めて喫茶スペースにいる栖川さんを見たが、あいにく彼も、上り電車を降りてきたらしい新しい客の応対に追われている。

喫茶の新しい客は、栖川さんに負けず劣らず背が高く、だいぶ濃い顔立ちの男性だった。長い足を折り曲げるようにしてカウンタースツールに腰かけ、真剣な顔でサイフォンを見つめていたが、注文を聞かれるとコーヒー以外を頼んだらしい。栖川さんが軽くうなずき、背後の冷蔵庫に向き直るのが見えた。

僕はあきらめてレジカウンターを出ると、わざと少し音を立てながら本を積み直した。

それでも、女性客は振り返ろうとしない。

年の頃は、槙乃さんと同じか少し上くらい？　女性の年齢はよくわからない。グリーンストライプのシャツワンピースの肩幅は広く、がっしりしている。何かスポーツをやっていたのかもしれない。真っ黒で重そうな髪は肩の上で切り揃《そろ》えられていた。太めの眉と少しつり気味の目には、はっきりした意志が宿っている。

「うっ」

僕は悲痛なうめき声を漏らした。レジカウンターに戻った僕の目の前で、彼女が手に持っていた文庫本を乱暴にひらいたのだ。ページがバリッと引きつれる音まで聞こえた。

僕はたまらず、またレジカウンターから飛び出す。売り物を粗末に扱っちゃいけませんって、幼稚園の子だって知っていることだ。大人なのにどうして「他の人が読むかもしれない」「この本が棚に並ぶまでに、どれだけの人が手に汗したか」という想像ができないんだ？

僕の足音にもやはり振り返ることなく、彼女は背を向けたままメリメリと文庫本をおおびらきにして、顔の前に掲げる。

「すみません」

最初にかけた声が無視されたので、僕は眼鏡を押し上げ、口を大きくひらいた。

「お客様、すみません。お会計前の商品は――」

僕の言葉が途切れたのは、彼女がいきなり文庫本をとじて、ショルダーバッグの中に落としたからだ。

あまりに威風堂々たる万引き現場に出くわし、一瞬思考が停止した。

眼鏡のつるを持ったまま、まばたきもできずにいる僕の視線の先で、彼女はそのまま店を出ていこうとする。どうしよう？　どうしよう？　こんな時に限って、万引き監視役の和久さんはいない。どうしよう？　気づくと、僕は彼女の腕をつかんでいた。

「痛い！」

「あ、すみません」

僕は反射的に謝り、手を離す。そしてすぐ「いやいや」と首を振った。ようやく思考が戻ってくる。

「お客様、今、バッグの中に――」

「何ですか？」

しっかりした眉毛がぐいと持ち上がる。意志の強そうな瞳で睨《にら》まれたが、僕は彼女と店の自動ドアとの間に体をねじこみ、眼鏡のブリッジを押し上げながら、負けじと睨み返した。

「文庫本を入れましたよね？」

彼女は太い眉をひそめ、そっぽを向く。僕が「文庫本をバッグに入れましたよね？」と繰り返すと、そっぽを向いたままうなずいた。

「ええ。それが何か？」

「そ、そういう行為が、全国の本屋をどれだけ困らせているか、わかりますか？」

「は？　わからないわよ。ちょっと、そこ、どいてくれる？」

彼女は顔を正面に向けると、眼光鋭く僕を睨んだ。けれど、口調に焦りが出ている。僕はぱっと手を横にひらき、通せんぼの体勢になった。

「いいえ、どきません！　商品ロスって、本屋にとってものすごく痛手なんですよ。あなたにとって『たかが一冊』かもしれませんけど、何十人、何百人の人の『たかが一冊』は、何冊になると思います？」

槇乃さん、父さん、槇乃さん、栖川さん、槇乃さん、和久さん、槇乃さん……知っている書店員達の顔が浮かんでは、消えていく。槇乃さんの顔が浮かぶ回数が若干多かった気もするが、きっと気のせいだ。ともかく、彼らがどれだけ一冊の本を慈《いつく》しみ、一冊の本を求めるお客様に誠心誠意尽くしているか知っているからこそ、僕は万引きが——というより万引きをしてもいいと思っている人が——許せなかった。

それなのに、彼女はひらきなおりとも言うべき態度で言い放ったものだ。

「あのね、私はおかしな書店員と、変なクイズをしている暇はないのよ」と。

それはないんじゃないか？　僕は頭に血がのぼり、思わず口が滑る。

「あ、あなたみたいな人が、町の本屋を潰すんだ」

「ちょっと待って。どういうことよ？」

彼女は眉を寄せて険しい顔で振り返ったが、僕がつづける前にあわてて顔をそらした。喫茶スペース側についたもう一つの自動ドアを見つめ、目を大きくみひらく。やがてその目の中の光が弱まり、がくりと首をうなだれた。

観念した、と思ったのは、大きな間違いだったらしい。

ふたたびゆらりと顔を持ち上げた彼女は、さっきよりも激しい怒りで全身を震わせていた。乱暴にバッグの中を掻《か》き回し、僕の鼻先に分厚い文庫本を突き出す。

「『長いお別れ』……」

表紙に書かれたタイトルを思わず読み上げてしまい、僕はかすかな違和感を覚えた。本に細い付箋《ふせん》紙《し》が、いくつか付いていたからだ。

僕の動揺を見透かしたように、彼女が命じる。

「ひらいてみてよ」

おそるおそるページをめくった僕の目に飛び込んできたのは、カラフルな色のペンで書きこまれた無数の傍線やメモ書きだった。ページをひらく時の手触りからして、この本が長い間、何度も読み返してこられた一冊だとわかる。

息をのんだ僕に、彼女はひやりと冷たい声で言った。

「自分の本を自分のバッグにしまっただけの私が、どうして町の本屋を潰すわけ？」

「す、すみません。僕はてっきり――」

「てっきり何よ？　何だと思ったの？」

詰め寄られて、僕は青くなる。全身の毛穴から冷汗が噴き出てきた。やってしまった。よりによって、お客様にやらかしてしまった。少しばかり感じが悪いからって、無実の神様を疑った挙げ句、上から目線で説教するなんて、とうてい許されることじゃない。クビになってもおかしくないレベルの大失敗だ。僕は自分が女性客の前で土下座している姿を思い描いた。

やっぱり、ああいう謝り方をするべきか。でも動画に撮られてネットに投稿されちゃったらどうしよう？　『読みたい本が見つかる本屋』と噂《うわさ》の〈金曜堂〉に薄暗いイメージがついてしまったらどうしよう？　僕のＳＮＳが特定され、晒《さら》され、炎上しちゃったらどうしよう？

ネット社会の暗い部分ばかりに焦点を当てた妄想で頭をいっぱいにして固まっていると、レジカウンターの奥のドアが、軽やかにひらいた。

「お客様、どうかなさいましたか？」

その声の安定感と包み込むようなやさしい響きに、僕は泣きそうに――実際、半分くらい本当に目をうるませて――振り向く。

「南店長――」

「どうもこうもないわ。えーと、南槇乃さん？　店長ね？」

女性客は槇乃さんのエプロンについた名札を確認すると、甲高い声で叫んだ。

「あなたの店じゃ、客を万引き犯呼ばわりするわけ？」

槇乃さんは大きな目を丸くして、僕と女性客を見比べる。そして後ろ手でバックヤードへのドアノブをつかんだ。

「お客様、もしお時間の都合がつくなら、こちらでご事情をお聞かせ願えますか？」

喫茶スペースのカウンターの中から栖川さんが伸び上がって、心配そうに僕らを見つめている。カウンター席の客が帰り、こちらの騒ぎに気づいたらしい。

女性客はそんな栖川さんの視線にいち早く気づいて振り向き、栖川さん、それから顔を戻して僕、さらに槇乃さんへと視線をめぐらすと、最後に槇乃さんを頭のてっぺんから爪《つま》先《さき》まで睨《ね》め回し、ふっと鼻で笑った。

バックヤードに入ると、猪之原寿子《いのはらとしこ》と名乗った女性客は、槇乃さんが勧めた椅子に座りもせず、僕が彼女にした失礼なふるまいについて、仁王立ちでまくし立てた。

槇乃さんは真剣に相槌《あいづち》を打ち、猪之原さんがひとしきり不満を述べたところで深々と頭を下げ、「申しわけございませんでした」とていねいに謝る。僕もあわてて倣《なら》った。

「倉井史弥さんはバイトの子？　ひょっとしてまだ新入り？」

猪之原さんが顎を持ち上げて僕の名札を指した。槙乃さんより早く、僕がうなずく。

「はい。以後、このような失礼な間違いがないよう気をつけます」

「以後があるかどうかは、南店長と相談してちょうだい」

猪之原さんは恐ろしいことをにべもなく言い放つと、ドアに向かう。その背中に、槙乃さんが声をかけた。

「『長いお別れ』を、ずいぶん読み込まれているんですね」

返事のない猪之原さんを気にした様子もなく、槙乃さんはさらに言葉を連ねる。

「ハードボイルドがお好きなんですか？　それともチャンドラーのファンですか？　今度、当店でミステリーフェアをやりたいのですが、ハードボイルドにジャンルを限定していいかどうか、迷っているんですよね」

猪之原さんがドアノブを握ったまま、槙乃さんを振り返った。

「あなたはハードボイルドとレイモンド・チャンドラー、どっちが好きなのよ？」

「どっちもです。あ、ダシール・ハメットもロス・マクドナルドもサラ・パレツキーも大《おお》沢在昌《さわありまさ》も好きですよ。仁木悦子《にきえつこ》の書いた三影潤《みかげじゅん》シリーズも捨てがたいし――」

「ただの読書好きね」

猪之原さんはそっぽを向いて聞いていたが、途中で我慢できなくなったのか、ぴしゃりと言い放つ。槇乃さんはむしろ嬉しそうに「実はそうなんです」とにっこり笑った。

「でも、『長いお別れ』は特別に好きです」

槇乃さんのその言葉に、猪之原さんは興味をひかれたようだ。への字に曲がった口がかすかにひらいて、白い歯が覗いた。けれど、上り電車の到着が迫っているアナウンスが流れると、ふたたび口を結び、ドアをあけて出ていってしまう。

何事もなかったように、机に向かって仕入れの検討に戻ろうとしている槇乃さんに、僕はあわてて頭を下げた。

「本当にすみませんでした。クビにしないでください！」

「しませんよ、クビになんて」

槇乃さんはおかしそうに肩をゆらして笑い、頭を下げたままの僕の顔を覗き込んだ。

「何か理由があったんじゃないですか？　万引きと間違えてしまった理由が」

「南店長……」

「倉井くん、泣かないでください」

「泣いてませんよ！」

僕はあわてて否定しながら、洟《はな》をすすってしまう。何てやさしく、理解のある店長なのだろう。この感謝をどう伝えたらいいか、僕が考えていると、槇乃さんはくるんとカールしたまつ毛を震わせ、にっこり笑う。

「後で理由を教えてくださいね。でも今はまず、返品伝票を書き上げちゃいましょうか」

「あ、はい……。仕事溜《た》めて、ごめんなさい」

やさしく理解のある店長は、なかなか厳しくもあるのだった。

＊

目当ての講義が休講だと知ったのは、竈門《かまど》キャンパスの並木道を歩いている時だった。

「あーあ」と思わず声が出る。休講通知はキャンパス内の掲示板以外に大学のホームページにも出ているのだが、出かける前に閲覧し忘れたりすると、今日みたいな無駄足を踏んでしまう。

昨日は入院中の父さんを見舞ったついでに、神保町の〈知海書房〉本店で本を買った。大きな書店はトップがいなくなったところでビクともせず、忙しく賑《にぎ》やかにいつもの営業をつづけていたが、古参の店員達は僕の顔を見ると心配そうにやって来て、あれこれ力づけてくれたものだ。その後、東京は広尾にある実家に泊まった。父さんの三度目の結婚相手で僕の継母にあたる沙織さんと、三歳の双子の異母妹達が「お兄ちゃん、お兄ちゃん」と喜んでくれるから、日帰りのつもりだったのに、つい長居してしまった。

だから今日は、この講義のために早起きして、東京から三時間近く電車に揺られてきたのだ。休講だってわかっていれば、双子ちゃんといっしょに朝食を食べて、絵本だって一冊くらい読んであげられたのに。

僕は諦めきれずにそのまま並木道を歩いて、構内掲示板まで行ってみた。そしてここでも当然『休講』の二文字を見つけて、がっかりする。

「あーあ。バイトまで何して時間潰そう？」

サークルに入らず、教室でもゼミでも常に無難な場所で、悪目立ちしないことだけを心掛けている僕には、大学内に『知り合い』はいても『友達』と呼べるほど親密につるめる人間がいない。ふいうちで時間ができても、退屈なだけなのだ。

あくびしながらきびすを返しかけた時、『焼きたてパンあります』と貼り紙のされた生協の建物が目に入った。僕は足を止める。竈門キャンパスに来てからずっと「一度やってみたい」と願っていたことを思い出したのだ。

一斉に緑に色づいたキャンパス内の木々を眺め、スマホで時間を確認して、「うん」とうなずくと、僕は吸い込まれるように生協に入っていく。そこで焼きたてパン三つとコーヒー牛乳を買うと、中央の広場に向かった。

一度やってみたかったことというのは、キャンパスでのピクニックだ。

一、二年を過ごした東京キャンパスは、コンクリートジャングルの中にある高層マンシヨン群みたいな造りだったが、三年になって移ってきた竈門キャンパスは、山や畑に囲まれているおかげで静かだし、なにしろ空気がおいしい。敷地はだだっ広く、木々や花がたくさん植えられていて、大学というより『大学もある公園』って感じなのだ。爽やかなこの季節、ピクニックをしない手はない。緑の眺めが一番いい場所は、とっくに下調べ済みだった。けれどただ一つ、重大な見落としがあったようだ。

——こんなにカップルだらけとは。

中央広場には噴水があり、太陽に照らされた飛沫《しぶき》がみずみずしく光っている。その噴水を取り囲むように置かれた八つのベンチのうち、七つはすでにカップルに占拠されていた。残るは、たった一つの空きベンチ。あそこに、おまえは座れるのか？　堂々と一人で座って、のんきに焼きたてパンを頬ばれるのか？　やせ我慢やポーズじゃなくて、本当に心の底からピクニックを楽しめるのか、この状況で？　さんざん自問自答した挙げ句、僕の下した結論は、「無理」だった。

回れ右をしかけた時、僕の横をすり抜けて空きベンチへと向かう女性がいた。それほど高くないヒールが、コツコツと小気味よい音を立てている。あまりに堂々とした歩き方だったので、僕はつい目で追ってしまった。

女性は空きベンチの前まで歩いていくと、余裕で三人は座れそうなベンチの真ん中に、何のためらいもなくすとんと腰掛けた。ネイビーのプリーツスカートの裾がふわっとひらいたが、風に翻るほど軽い素材ではない。

「あ」と声が出てしまったのは、彼女の自然なふるまいが心底羨ましかったから。そして、彼女の顔に見覚えがあったからだ。

向こうは最初気づかなかったようだけど、眼鏡の奥で目をむいている僕の表情を見て、しっかりした眉が寄る。そして思い出したらしい。眉の間のしわが深くなった。なんせあの日から、まだ一週間も経っていないのだ。

「ウチの学生だったのね」

「ウチの職員だったんですか」

二人の声がかぶる。さらに彼女――猪之原さん――は僕の顔と手に持ったパンの袋を交互に見比べ、「あなたもこのベンチに座りたかったの？」と重ねて聞いてきた。

「いや、べ――」

べつに、と言いかけて、僕は猪之原さんと七組のカップルを見回す。孤独なやつと注目されるより、変なやつや空気を乱すやつと認定される方が、僕は恐ろしい。すでに何人かから後者と見なすような視線を感じたので、「そうです。失礼します」とあわてて猪之原さんの左隣に腰をおろした。

猪之原さんは肩をそびやかして腰を浮かし、僕とは不自然なくらいに距離をあけて、もう一度座り直す。

けっこうな明るさの陽射《ひざ》しが注がれる日だったが、青い葉の茂ったケヤキが日よけとなってくれた。遠くに連なる緑の山々が見える。キャンパスに植えられた花や木々も華やかだ。やはりそこは僕の見込んだ通り、すばらしく気持ちのいいピクニックスポットだった。一人、あるいは気の合う友達や恋人なんかと一緒だったら、という話だけど。

僕と猪之原さんの座るベンチには、沈黙が満ちていた。大きな岩のように重くて硬い沈黙だ。そのせいで、カーディガンごしに肌をなでる風が、やけに冷たく感じた。僕は気にしないようにと自分に言い聞かせ、やきそばパンを取り出してみたが、かじっても味がしない。デイパックから〈知海書房〉のカバーがかかった文庫本を取り出してみたが、ひらいても文字が頭に入ってこない。そのうちせっかくの緑もくすんでくる始末で、とてもピクニックどころじゃなくなり、三分もしないうちに白旗を揚げた。

「あの、この間は本当に――」

もう一度謝ろうと話しかけるも、猪之原さんは文庫本をひろげたまま、ぴくりとも動かない。見覚えのある付箋が見えたので、たぶん〈金曜堂〉でも持っていた『長いお別れ』だろう。「あの……」と言いながら僕が体ひとつ分近づくと、猪之原さんが急に顔を上げてこちらを向いた。

「何？」

痴漢を見るような目で睨まれ、しっかり身構えられてしまう。僕はあわてて「いいえ、違いります」とやきそばパンを持った手を胸の前で振った。冤罪《えんざい》だ。

「僕はただ、あの、この間のことを、ですね、その」

焦れば焦るほどしどろもどろになり、我ながら言いわけがましい。猪之原さんはカバーをかけていない文庫本――やはり『長いお別れ』だった――を盾のように胸の前に突き出していたが、ふいに顔をそむけて左耳を指した。

「もしかして、こっちに話しかけてくれてた？」

「え？　あ、はい……」

「私ね、昔、事故に遭ってから、左耳はまったく聞こえないの。片耳難聴ってやつ」

だから、と言いながら反対側に向き直り、黒髪を右耳にかける。

「話しかけるなら、こっちにしてくれる？　悪いけど」

「あ、すみません」

「別に謝らなくていいわ。私だって聞き取れないことを、いちいち謝らないし」

毅然《きぜん》と言い切る横顔を見つめて、僕は〈金曜堂〉で声をかけた時も、猪之原さんがまるで振り返らなかったことを思い出す。あの時も無視ではなく、聞こえていなかっただけかもしれない。

「すみませんでした」

僕が無意識に重ねた言葉に、猪之原さんは心底嫌そうな顔をして、本をとじた。

「あなた、まだあそこでバイトしてるの？」

「はい」

「ふうん。あの女店長はずいぶん寛容なのね」

頬をぴしゃりとはたくような言い方だ。僕は食べかけのやきそばパンをしまって、うなだれた。

「すみません」

また謝ってしまった。僕があわてて両手で口をふさぐと、猪之原さんはふっと鼻で笑って言う。

「《君のような人間はいつもすまないといってる。》」

僕は顔を上げた。猪之原さんがセリフのように口にしたその言葉に見覚えがあったからだ。たしか今朝、竈門駅に到着する直前に電車の中で読んだはず。僕はすかさずつづけてみる。

「《しかも、いうのがおそすぎるんだ》」

猪之原さんは黙ってバッグの中から緑茶のペットボトルを取り出し、ぐびりと飲んだ。その飲み方は、葡萄酒《ぶどうしゅ》で祝杯をあげる海賊のような勇ましさだ。僕は傍らに伏せていた文庫本を手に取り、〈知海書房〉のカバーを外して、猪之原さんに見せた。

「レイモンド・チャンドラー著、清水俊二《しみずしゅんじ》訳の『長いお別れ』。僕も読みはじめたところなんです。ついこの間売れちゃったとかで〈金曜堂〉には村上春樹《むらかみはるき》の訳した『ロング・グッドバイ』しかなかったので、都内に出たついでに、大きな本屋で買ってきました」

——でも、『長いお別れ』は特別に好きです。

槙乃さんがあんなふうに言っていた小説がどういうものなのか、読んでみたくなったのだ。槙乃さんが読んだという訳者のバージョンで。

現物を手に取った瞬間、その本の厚みに心が一瞬折れかけた。このアルバイトをはじめる前の僕なら、間違いなくそっと書棚に戻しただろう。だけど、僕はレジに持っていった。これを読めば、槙乃さんとの間に話題が増えると思ったから。父さんとも話せると思ったから。今や僕にとっての読書は、個人的体験であると同時に、人と結びつく手段でもある。億劫《おっくう》がってはいられない。

猪之原さんは僕の顔をじっと見つめ、太い眉を上げた。

「読んでみて、どう?」

「そうですね……この本、とにかく分厚いじゃないですか。文庫本にあるまじき重さだし。だからページをひらくまでが億劫だったりしたんですけど、読み始めてしまえばおもしろいですね。文章が的確で、ぴたーっぴたーっとそのシーンが目に浮かぶから、読むのにストレスがないというか。あと、キャラクターがいいです。マーロウに憧れます」

僕の返事に、猪之原さんの顔がはじめて素直な明るさを灯《とも》す。

「私も憧れる。マーロウみたいに生きたいって、いつも思う」

「へえ。女性でもそう思ったりするんですね」

僕が何気なく言うと、猪之原さんはふっと鼻で笑い、また皮肉な表情に戻ってしまった。

「女性だから思うんでしょ。マーロウみたいにタフじゃないと、今の世の中、女は自分らしく生きていけないわ」

僕は思わずカップルだらけの周りのベンチを見渡した。

「何？」

「いや。たしかにマーロウだったら、恋人達で埋まるベンチの間に、一人でも堂々と座るんだろうなって」

猪之原さんははじめて気づいたかのように周りを見て、最後に僕の顔をしげしげと覗き込む。

「あなた、それで最初、ベンチに座るのを躊躇《ちゅうちょ》していたんだ？」

「あ、はい。くだらないですよね、マーロウ主義者からすると」

僕は当然また鼻で笑われるものと思っていたが、猪之原さんは意外にも真面目《まじめ》な顔を崩さなかった。

「そんなに誰かの視線ばかり気にしていたら、自分の視線がなくなっちゃうよ。人間はみんな違うんだから、変人で当たり前、空気読めなくて上等、ってひらきなおっちゃえば？」

「うーん。そこまでひらきなおれるものですかね？」

僕の頼りない質問に、猪之原さんは節のしっかりした指で左耳に触れた。

「私は、ひらきなおらないと、生きてこられないところがあったから」

僕が気まずく口をつぐむと、猪之原さんは「でも」と明るく言った。

「あなたみたいな、平々凡々中《ちゅう》の上《じょう》を地でいく子こそ、ひらきなおりが肝心だと思うよ」

「はあ、そうですか」

「平々凡々中の上」という、これ以上ないくらい自分を的確に表した言葉に、僕がショックを受けていることを知ってか知らずか、猪之原さんは親指を顎の下にあててしばらく考え込んでいたが、思い切ったように口をひらいた。

「ねえ。あなたがまだあの本屋で働いているなら、お願いしたいことがあるんだけど」

「え？」

猪之原さんはスマホを取り出し、一枚の写真を表示した。彫りの深い顔立ちに、広い肩幅を持つ男性が、白い歯を見せて笑っている。少し時代遅れのモデル顔という印象を受けるが、恵まれた容姿には違いない。

「誰ですか？」

僕の質問には答えず、猪之原さんは妙にすわった目つきで言った。

「この人が〈金曜堂〉に来たら、監視してほしいの。誰と会ったか、誰かと電話していたか、そういうのを逐一私に教えてちょうだい」

「無理ですよ、バイト中に監視なんて」

嫌な予感しかしない。あわてて断る僕に、猪之原さんはぐいと顔を近づけた。

「やって。そしたら、この間の無礼はなかったことにしてあげる」

「いや、でも――」

「あなた、あの女店長に惚《ほ》れてるんでしょ？」

唐突な図星に僕は思いきり舌を噛《か》んでしまう。ひいひい言っている僕の横で、猪之原さんは満足そうに腕を組んだ。

「どう？　間違いないよね？　マーロウの観察眼にも憧れてるのよ、私」

「だからって、『惚れてる』とか簡単に口にしないでもらえますか」

僕は頬を熱くして拳を握りしめた。〈金曜堂〉で働きはじめて、槇乃さんのとぼけた言動や真剣な仕事ぶりを見るたび、僕の胸の奥にやわらかくてあたたかい感情が少しずつ溜まっていっているのは本当だ。けれどそれは、まだどう動いていくのかわからない頼りない気持ちで、今この時点で気軽にいじられたくないし、外に引きずりだされたくない。

猪之原さんは僕の顔をちらりと見て、ふっと鼻で笑った。

「私の言う通りに監視してくれたら、言わないよ」

「……脅しですか？」

「『交渉』と言ってほしいわね。マーロウだって、よくやってる」

口角を上げて、かかかと笑う猪之原さんは、僕が今まで見てきた中で一番かがやいていたし、楽しそうだった。

＊

僕がアルバイトの始業時間よりだいぶ早めにやって来ると、カウンターで文庫本を読んでいた和久さんは、奥に引っ込んだ小さな目をめいっぱいみひらいてみせた。

「何だ？　停学でもくらったか？」

「まさか。休講になったんで、早く来られたんです」

僕はぎこちなく笑いながら、なるべく自然に聞こえるように言う。

「バックヤードの仕事を先に終えちゃおうと思いまして」

明日発売の付録付きムックが届いているはずだ。あの形態のものは、付録と本体が別々になった状態で納品されるので、書店員が紐《ひも》がけしなきゃいけない。その作業は骨が折れるし手も荒れるが、経験の浅いアルバイトでも十分こなせるため、最近は僕が一手に引き受けていた。

「へえ」と僕を睨め上げていた和久さんだが、急に興味をなくしたように手元の文庫本に目を落とす。

「ま、ちょうどよかったか。俺、今日はそろそろ帰るからよ」

「もう?」

「仕方ないだろ。ウサギを病院に連れていく時間なんだから」

そう言いながらスツールをおりると、和久さんは足元に置かれていたプラスチック製のキャリーバッグを持ち上げた。

「ウチのウサギはえらいんだぞ。処方された薬を全部飲んだんだ。今日は完治したって、もう大丈夫だって、先生に太鼓判もらってくっからよ」

僕は天井代わりの透明な蓋から、キャリーバッグの中を覗き込む。ふわふわとやわらかそうなオレンジ色の毛並みを持つ、小さな生き物がじっとうずくまっていた。

「なんか元気ないですね。耳が垂れちゃってる」

「バカ野郎! ホーランドロップっていう、もともと耳の垂れた品種なんだよ」

和久さんは僕からウサギを隠すようにしてキャリーバッグを抱えると、「なあ、ウサギ」と少しやさしい口調になって話しかけた。

「あの、さっきから気になってたんですけど、『ウサギ』って名前なんですか?」

「んなワケねぇだろコラ。『ウサギ』はニックネームだ」

「ニックネームがあるんだ……。本名は?」

和久さんは僕をじろりと睨め上げ、「教えねぇよ」と肩をそびやかした。

今まで背を向けて下ごしらえをしながら、僕らの会話を聞いていたらしい栖川さんが、いきなり振り向く。黙って突き出した手には、小さなニンジンが握られていた。

「お、おお、栖川？　何だよ、これ？　ウサギの回復祈願か？　サンキューな」

和久さんは一人で会話を進めると、そのまま外股で僕の脇をすり抜けて、出ていった。

僕は栖川さんに店をまかせ、バックヤードに入る。そして大急ぎで紐がけ作業を終えて、猪之原さんに指定された時刻にはフロアに出た。喫茶スペースに客のいないことを確認してからスマホを取り出し、電波状況を気にしながらメッセージアプリに『まだ来ていません』と打ち込んでおく。トークの相手は、さっき友達登録したばかりの猪之原さんだ。

その時、自動ドアの開閉音と槇乃さんの「ただいまー」という声が同時に聞こえた。休憩から戻ってきたのだ。僕はあわててスマホをエプロンのポケットに入れて、振り向く。

「おはようございます」

「わ。倉井くん、早い！」

「すみません。授業が休講で」

胸が痛んで眼鏡のつるをいじくる僕に、槇乃さんは屈託なく笑いかけた。

「どうして謝るんです？　店長的には、アルバイトのやる気はとてもありがたいですよ」

ありがたいですよ、ありがたいですよ、ありがたいですよ、と槇乃さんの声が耳の中でリフレインし、僕は最高に心苦しくなる。猪之原さんの無茶な依頼をばらしたくなる。でも。僕は余計なことを口走らないうちに、練習した通りのセリフを早口でぶつけた。

「ムックの紐がけは終わりました。今日は僕がレジに立っていいですか？」

「あ、うん。お願いします」

快く了承してくれる槇乃さんに、僕の胸は、またずきんと痛むのだった。


その男性が現れたのは、それから四時間半も後のことだ。すでに夜と言った方がいい時刻だった。背が高く肩幅のがっしりとしたスーツの似合う体型に、写真で見るよりずっと彫りの深い顔立ちが目を引いた。

男性は大きな鞄《かばん》を隣の空席に置いてからスツールに腰掛け、長い足を組むと、栖川さんに何か注文する。すでに馴染《なじ》みの客らしく、栖川さんは注文前に動き出していた。

注文したドリンクが出てくるまで、男性は自分の鞄から〈金曜堂〉のカバーがかかった文庫本を取り出し、読みふける。やがて厚紙のコースターと共に置かれたグラスの中には、薄い緑がかった黄色の液体が入っていた。男性はちびちびとそれを口に含みながらさらにページをめくり、ドリンクがなくなると同時に本をとじる。口の中に残る後味を楽しむようにゆっくり〈金曜堂〉の店内を見渡し、レジカウンターにいる僕とも目が合った。目鼻口がことごとく自己主張する男前に微笑まれ、僕はおたおたしてしまう。

この感じのいい男前の名前は、瀬見兼人《せみけんと》といった。職業は生命保険会社の営業で、野原駅周辺地域を担当している。名前も職業も、営業あがりに〈金曜堂〉の喫茶スペースで休憩する時間が唯一の息抜きだという情報も、本人に直接聞いたわけではない。全部、僕を監視役に巻き込んだ猪之原さんから教えられた。瀬見さんは猪之原さんと交際して半年も経たないうちにプロポーズしてくれたらしい。

なりゆき上「おめでとうございます」と言うしかない僕に、猪之原さんは「どこが？」と鼻を鳴らした。

——あれほどの男性が、なんで私にそこまでこだわるのかが、わからないわ。ルックスだけ良くて後はクズならともかく、私が知るかぎり性格だっていいのよ。

何だそれ？　遠回しの惚気《のろけ》か？　自慢か？　と悩んでいる僕に、猪之原さんは「怪しすぎる」ときっぱり言い切った。

——私は自分に女としての魅力がまるでないって、わかってるからね。実際、学生時代からモテたことなんて一度もない。モテようと努力するかわいげもなく、生まれ持った容姿と頭脳は並以下で、色気と愛想は最低ライン。話題は偏っているし、美容やファッションの情報は端《はな》からシャットアウトだし、ずば抜けて仕事ができるわけでもなく、家事育児にも興味ない。結婚は異世界の風習にしか思えない。性別を超えて人間として考えたって、器の小さな凡人よ。そんな私に、交際相手にも結婚相手にも不自由のなさそうな男性が

「一目惚れした」？　挙げ句「結婚してほしい」？　おかしいわ。絶対に何かある。事件の匂いがする。

チャンドラーの読みすぎだ。もしくは女をこじらせすぎ。

僕は辟易《へきえき》したが、「そんなことないですよ」や「考えすぎですよ」と気軽に流せない圧が、猪之原さんにはあった。

——ちゃんと監視して、私の知らない瀬見さんを見つけてきて。何かあるはずだから。

そう押し切られ、僕は今、罪悪感を抱えながらも監視をつづけている次第だ。何も知らない瀬見さんは静かに席を立ち、文庫本を鞄にしまって〈金曜堂〉から出ていった。

僕は心底ほっとして、メッセージアプリを立ち上げる。

『瀬見さんは三十分ほど金曜堂に滞在しましたが、ただ一人静かにドリンクを飲みながら読書していただけです。何もなかったです。何も！』

僕がメッセージを送ると、だいぶ経ってから「OK！」とクマが頭の上で○を作っているスタンプと、『次回もよろしく』という簡潔なメッセージが入ってきた。一度や二度の監視では疑いが晴れないらしい。

——厄介なことを頼まれちゃったよ。

僕は知らず知らずため息をついていたようだ。ちょうどバックヤードから『ハイキュー!!』のコミックスの束を抱えて出てきた槇乃さんが「お？」と足を止めた。

「倉井くん、疲れてます？」

「あ、いえ。全然」

僕はあわてて眼鏡を押し上げ、槇乃さんの腕の中からコミックスを抜き取る。

「新刊の補充ですか？　僕、やりますよ」

「ありがとう。毎日、野原高のみんなが入れ替わり立ち替わり買っていくから、すぐ足りなくなっちゃうんです」

野原高校は、ここ野原駅を最寄りとする高校であり、槇乃さん、栖川さん、和久さんの母校でもあった。生徒総数三千人超えのこのマンモス高校がなければ、野原駅の利用者数は今の三分の一にも満たないと言われている。当然、〈金曜堂〉も野原高生達の登下校時間が一番の書き入れ時で、彼らが好む小説や漫画のラインナップを揃える努力は怠らない。

部活をしている学生達の帰宅も済んだこの時間は、店内に客がほとんどいないため、補充や新しい本の並びを考えるいいタイミングだった。

僕は少しよろけながらも、入口すぐ近くの平積《ひらづ》みゾーンまでコミックスの束を運び、すっかり底の見えていたスペースに積み上げる。槇乃さんがその横に、バレーボールのルールブックと専門誌を何種類か並べた。

「『ハイキュー!!』ではリアルなバレーボールのゲーム展開が多いから、読むと実際の試合も見たくなりませんか？」

「あ、なります。なります。現実の試合でジャンプサーブはどんな感じだろう？　とか」

僕がうなずくと、槇乃さんが得意そうに「じゃじゃーん」と小さな掌《てのひら》をひろげた。

「そういうお客様のために、ルールブックをこちらにご用意しました！　観戦ガイドの付録がついた雑誌もこちらに！」

僕が「おお」と拍手すると、槇乃さんは大きな目をくるりと動かし、親指を突き出す。

「本は売れるんじゃなくて、売っていくんです、書店員が」

僕は「おお」とまたうめいて、今度はスマホにその言葉を記録した。

たしかに〈金曜堂〉は店舗のスペースが狭く、フロアの棚も限られているため、店頭で目立つのは、人気作家の本や高校生が好む本やコミックスだったりする。だけど、アルバイトとして内側に入ってみると、売上を気にしながらも、お客様に楽しんでもらえるよう、最大限の工夫を凝らしていることがわかってきた。その努力は、〈金曜堂〉の棚の入れ替えや棚作りの頻繁さにもあらわれているだろう。朝に作ったコーナーを、夜でたたむこともしばしばだった。槇乃さんが毎回どれだけ頭を使って、こまめに並べ替えているか、のほほんと立ち読みしているお客様達に、大声で宣伝したいくらいだ。

レジカウンターに戻った槇乃さんは、僕を見てにこにこしながら、さらりと話題を変えた。

「そういえば倉井くん、探していた清水訳の『長いお別れ』は見つかりました？」

「あ、はい！〈知海書房〉にありました。まだ読み終わってはいませんが、おもしろいです。マーロウが渋くていいですね」

僕が振り向いて答えると、槇乃さんは「でしょう?」と勢いよくうなずいた。

「生き方が不器用でね。高校生の頃はしゃれた会話の印象が強くて、ただ格好いいだけのスカした探偵に思えたけど、大人になってから読み返すと、あの不器用さが尊いんですよ」

「南店長、高校生で『長いお別れ』を読んでいたんですか？　やっぱり〈金曜日の読書会〉の課題図書で？」

〈金曜日の読書会〉は、槇乃さんが野原高生時代に立ち上げた同好会の名前で、和久さんや栖川さんも会員だったそうだ。この本屋の店名の由来であることも明らかで、一人だけ思い出を共有できない僕は、心ならずもしょんぼり肩が落ちてしまう。

槇乃さんはそんな僕をおかしそうに見て、ゆるやかにウェーブした髪を後ろに払った。

「課題図書は同じチャンドラーの著作でも『大いなる眠り』の方でした。双葉十三郎《ふたばじゅうざぶろう》が翻訳したそれを読んで、同好会の全員がチャンドラーにハマっちゃったの。わざわざ課題図書にするまでもなく、みんな先を争って、他のシリーズも読みましたね」

「へえ。いいなあ。青春だなあ。楽しそうだなあ」

読書はともかく、僕も女子高生の槇乃さんと同じ空気が吸いたかった。制服姿もちょっと見たかった。そんなよこしまな気持ちで羨ましがる僕を、槙乃さんは澄み切った目で見つめて笑った。

「楽しかったですよ。『長いお別れ』では、論争になっちゃいましたけど」

「え。争点は何だったんですか？」

槙乃さんがちょっと眉を寄せて口をひらきかけた時、栖川さんが喫茶スペースのカウンターから、静かに言い切った。

「ラストだ」

喫茶スペースの客がいないため、僕らの会話は丸聞こえだったらしい。

「ラストシーンでのマーロウの選択を『もっともだ』と思ったか、『厳しい』と思ったか」

槙乃さんはカウンターの中ですっきりと立つ栖川さんを見つめていたが、やがてうなずくようにうつむいて「そういうこと」と小さく言い添えた。レジ前に置かれた各出版社のＰＲ誌の角をあわせながら、僕の方は見ずに言う。

「私と栖川くんが『もっともだ』。……他の人達は『厳しい』って」

「和久さんも『厳しい』派ですか？」

「ヤスくん？　あ、ああ、そうね。そうでした」

何かに気を取られたような返事になる槙乃さんを、栖川さんが青い瞳でさっと射抜く。そしてその視線を僕に移して、薄い唇の口角を持ち上げた。

「倉井さんはどっち派かな」

「僕？　あ、読み終わったらお伝えします」

　僕は眼鏡のブリッジを押し上げて、請け合う。遅ればせながら論争に加わることで、〈金曜日の読書会〉という槇乃さん達が共有する青春の思い出にも参加できる気がした。

　それから一週間の間、僕は猪之原さんに命じられるまま、四度ほど喫茶スペースで休む瀬見さんを監視したが、いずれの時も瀬見さんは、薄い緑がかった黄色のドリンクを飲みながら読書しているだけだった。

　いつまでこんなことをつづけるつもりなんだろう。結局、何かがなくても、猪之原さんと瀬見さんはうまくいかないんじゃないのか、と僕がだんだん虚《むな》しさを覚えはじめていた木曜日、いつもは暇な時間帯に、めずらしく客が立て込んだ。野原高校が中間テスト前の一斉下校期間に入ったらしい。

　お客様にストレスを与えるレジ前の行列を少しでも減らすべく、僕はレジを打つ槇乃さんのヘルプに入る。喫茶スペースのカウンターでは、ずらりと並んだ女子高生達の熱い視線を浴びながら、栖川さんが紅茶やケーキを出していた。女子高生達にいつもの場所を取られた和久さんは、ソフトスーツのポケットに両手を突っ込んだままフロアを移動して、商品の書籍や雑誌を乱暴に扱う男子高生達に睨みを利かせる。

この〈金曜堂〉の連携プレーはなかなかうまくいったと思う。上りと下りの電車が数分差でやって来るまで、野原高生達は本屋でまったりできていたし、野原高生が乗車するため一斉に店からいなくなった後も、棚から出しっぱなしの雑誌や乱雑に扱われた書籍は見当たらなかった。

ほっとした僕は、デニムのポケットからスマホを取り出す。一息ついた時の習慣になっているのだ。すると、猪之原さんからの着信とメッセージの通知を何件も見つけ、あわててバックヤードに戻って確認した。

『電話出て！』

『電話出てってば！』

『電話！』

『でんわ』

『で』

『監視終了で結構です。おつかれさまでした』

さっぱりわからない。だけど、胸がざわざわする。僕はスマホをエプロンのポケットに入れて店内に戻ると、槙乃さんに断ってトイレに行くことにした。

駅の中の本屋である〈金曜堂〉にトイレ設備はなく、駅のトイレを使わせてもらっている。ホームだと乱れやすい電波も、改札口手前のトイレならすこぶる正常だった。

誰も入って来ないことを祈りながら、あまり空気が良いとはいえないトイレの隅で、猪之原さんに電話する。さいわいすぐに通じた。

「あ、倉井です。すみません。バイト中で電話——」

——もういいわ。全部済んだから。

僕の言葉を遮って響く猪之原さんの声は、やや低めでいつもと変わらない調子だ。

「『済んだ』とか『監視終了』とか、一体何があったんですか？」

——女の子と歩いている瀬見さんを見たの。来たコレ！　って感じでしょう？

「え……あ、いや、でも、営業先で仕事相手と歩いていたのかもしれないし」

——腕組んでいたけど。

「……きょ、距離の近い人っていますから」

——ふわふわゆるゆるのいかにも女の子って感じの女だったの。そうね、ちょうど、あなたの本屋の店長みたいな。

「まき……南店長は、ずっと店にいました！」

——知ってる。知ってる。むきにならないで。誰も店長本人とは言ってないでしょう。似たタイプってこと。

槇乃さんに似たタイプの女の人なんてそうそういないだろうと内心思っている僕に、猪之原さんはぽつりと言う。

——やっぱりさ、水玉やギンガムチェックの服を、躊躇なく選べる女が強いんだよね。

「何ですか、それ？　猪之原さんだってきっと似合いますよ、ギンガムチェック」

僕のその言葉は本心から出たのだが、猪之原さんには信じてもらえなかったようだ。電話の向こうから、息づかいのようなかすかな音が聞こえた。たぶん、ふっと鼻で笑ったのだろう。太い眉を一直線にした、悟りきったような表情が目に浮かぶ。

——とにかく、やっぱり何かあったよね。私の他にも女がいた。うっかり結婚しちゃう前に、わかってよかったわ。

「待ってください。その女性と本当に何かあったのか、瀬見さんにたしかめました？」

僕が食い下がると、猪之原さんは静かな口調を一変させた。

——さっき、私から別れを切り出したら、向こうは何の抵抗もなく受け入れた。それが証拠じゃない？　たしかめるまでもなく。

「いや、でも、結婚まで約束した相手なんだから、そこははっきりさせた方が——」

僕は我ながら正論すぎて、つまらない意見を述べる。猪之原さんもきっとそう思ったはずだ。しばらく沈黙がつづいた。このまま電話を切られてしまうんじゃないかと心配になって、僕が声をかけようとした矢先、「これ以上進むのが怖かったから、ちょうどよかったのよ」という言葉が、ぽつりと耳に落ちてきた。

本当に猪之原さん本人が喋《しゃべ》っているのかと訝《いぶか》しんでしまうくらい、頼りなく細い声がつづく。

――私は私、とひらきなおるのに慣れていたから、それでモテないのは当たり前だって納得してきたから、急に誰かに好意を示されても怖いだけなの。私のどこを見て「好き」だと言っているのか、まるでわからなくて怖いの。瀬見さんが嫌な人なら無視できるけど、いい人だから。いいえ、むしろすごく、すてきな人だから、怖くなっちゃうわけ。浮き足立って、後でがっかりするのが怖い。結婚しちゃってから、瀬見さんにがっかりされるのが怖い。だって、私がたいしたことないやつだって、私が一番知ってるもの。

「マーロウみたいにタフになりたいだけの女だからさ」と最後に自嘲気味につぶやいた猪之原さんを笑うことは、僕にはできなかった。

僕だって同じ気持ちを抱えている。槙乃さんへの気持ちにしっかり向き合おうとしないのは、自分がまだそういう土俵に上がれる人間に思えないからだ。つまり、たいしたことないやつなんだ、僕だって。

僕が何も言えずにいる間に、猪之原さんはいつもの調子を取り戻し、てきぱきとした口調で告げた。

――とにかく、瀬見さんにはさっきプロポーズのお断りの電話を入れたから、探偵ごっこも終了ってことで。これで貸し借りはナシね。お世話さまでした。

僕の「待って」の声が届かぬまま、電話は切られる。

僕は通話の終わったスマホをいつまでも耳にあて、ぼんやり立っていた。

トイレに入ってきた野原駅の駅長に「何やってんの、君？」とびっくりされるまで。

*

翌日の金曜日、僕は猪之原さんが気になって、講義の後に学生課をうろうろしてみたが、見当たらなかった。アルバイトの時間もあったので、仕方なく〈金曜堂〉に向かう。

フロアに出るなり、一斉下校期間中の野原高生達にまた揉《も》みくちゃにされた。ただ、昨日の連携プレーで要領をつかんでいたので、昨日よりは余裕をもって応対できた、はずだ。

高校生達が電車に乗るため一斉に店から出ていき、和久さんが休憩に入ったとたん、書棚の整理をしていた槙乃さんとばっちり目が合ってしまう。たぶん、僕がいつも無意識に、槙乃さんの姿を目で追っているせいだ。とても気まずい。僕は意味なく眼鏡をかけ直し、槙乃さんと盛り上がれそうな話題を探した。

「南店長、『長いお別れ』読み終わりましたよ」

「本当ですか？」

槙乃さんは両手をぱしっと合わせて、レジカウンターの僕のところまで駆け寄ってくる。

僕を見上げる目がとても大きくて、ぱちぱちとまばたきする時のまつ毛のカールが完璧すぎて、僕は後しざった。槇乃さんの今日のブラウスはギンガムチェックで、「やっぱりさ、水玉やギンガムチェックの服を、躊躇なく選べる女が強いんだよね」という猪之原さんの低い声が頭の中で響く。

僕のぎこちない反応を気にしたふうもなく、槇乃さんは両手を合わせたまま喋った。

「それで、倉井くんはどっち派ですか？ マーロウは『もっともだ』？ 『厳しい』？」

「僕は——」

答えようとして、ふと僕の視線は槇乃さんの頭上を飛び越え、奥の喫茶スペースへと注がれる。この一週間ずっと気にしてきた相手が、今日もやって来たからだ。

「瀬見さん」

思わず声が漏れてしまった僕に、槇乃さんが「セミ？」と聞き返した。

僕が何とか誤魔化している間に、瀬見さんはいつものカウンター席に着く。いつものように文庫本をひらいて、栖川さんに「いつものやつ」と頼んでドリンクを作ってもらっている。何もかもいつも通りだ。僕はそれが気に入らなかった。

——猪之原さんは、あんなに狼狽《ろうばい》していたのに。

僕は槇乃さんに断ってトイレへ移動し、スマホを取り出す。自分で自分の行動に驚いていた。

監視しなくてよくなったのだから、放っておけばいいのに、何でおせっかいを焼く？

人間関係なんて深入りすれば、疲れて傷つくだけなのに。

「その通りだ。やめておけ」と叫ぶ僕が心の中にいる。長年付き合ってきた、なじみ深い僕だ。けれど最近、なじみの僕の横に「ここで終わらせちゃいけない気がする」とつぶやく、もう一人の僕がいるのだ。モスグリーンのエプロンをつけた僕が。

結局、僕は電話をかけた。猪之原さんはすぐに出てくれた。僕が先に口をひらく。

「お仕事は終わりましたか？」

――終わったけど、それが何か？

「よかった。じゃあ、すぐ〈金曜堂〉に来てください」

猪之原さんが息を吸い込むのがわかったので、僕は畳みこんだ。

「瀬見さんがいらっしゃってます」

――私、瀬見さんとはもう関係ないのよ。

淡々と諭すように言われ、僕は自分がひどく子供になった気がする。思わず「関係なくても」と大きな声が出てしまい、ずれた眼鏡を押し上げた。

「お願いだから来てください。『長いお別れ』でいえば、今はまだテリーの手紙が届いたあたりです。この本は分厚くてとっつきづらい。読書に慣れていない僕なんか、最初は横文字の名前や古い時代の異国の習慣を目で追うだけで一苦労でした。だけど、１００ページを過ぎて、この手紙がマーロウに届くあたりから、物語が俄然《がぜん》動きだす。マーロウがそこでジ・エンドにしなかったからです。彼はちゃんと自分が納得いくまで、謎を追いました」

——あれは追わざるをえない状況になっていったからよ。それに私は別にマーロウじゃないから。

「でも、マーロウに憧れているんでしょう？　マーロウみたいに生きたいんですよね？」

僕の言葉に、猪之原さんは電話口にふっと息を漏らす。

——あなた、《ロマンティックな人間》ね。

僕は「実はそうなんです」と心の中でガッツポーズを作りつつ、『長いお別れ』の中で一番好きだったくだりを諳《そら》んじてみせた。

「《ぼくはロマンティックな人間なんだ、バーニー。暗い夜に泣いている声を聞くと、なんだろうと見に行く。そんなことをしていては金にならない。気がきいた人間なら、窓を閉めて、テレビの音を大きくしておくよ。あるいは、車にスピードをかけて遠くへ行ってしまう。他人がどんなに困ろうと、首をつっこまない。首をつっこめば、つまらないぬれぎぬを着るだけだ。》」

この文章に、マーロウの探偵としてだけではなく、男として、人間としての矜持《きょうじ》を見た気がして、僕は痺《しび》れたのだ。

「待ってますから」という僕の言葉に、猪之原さんは返事をせずに電話を切った。がんばれ、と僕は自分を励ますように念じる。猪之原さんと僕は、性格も価値観もまるで違うけれど、不器用さの形はよく似ている気がする。

僕はスマホをポケットにしまって、駆け足で店に戻った。


休憩に出ていた和久さんが帰ってきて、代わりに槇乃さんが休憩に入り、長くなってきた陽も落ち、蝶林本線の下り電車が到着しても、猪之原さんはまだ姿を見せなかった。

僕は電車の乗客でもあるお客様達が、レジに持ってくる本や雑誌を次々とさばきながら、ガラスの壁越しに何度も猪之原さんの姿を探してしまう。瀬見さんが今にも席を立って帰ってしまうんじゃないかと、気が気でなかった。

やがて客の姿がなくなり、書店員達もめいめいの仕事に没頭しはじめる。

レジカウンターの中でうつむき、もくもくと書店カバーを折っていた僕の前に、人の立つ気配がした。

「猪之原さん？」と顔を上げた僕の前でにっこり笑ったのは、槇乃さんだ。

「倉井くんの待ち人は、やはりあなたでしたか」

そう言って振り返る槇乃さんの三歩後ろに、猪之原さんが気まずくてたまらなさそうな仏頂面で立っていた。

「休憩で入った〈クニット〉で、偶然会いました。ピンときて、お声かけしたんです」

〈クニット〉は駅前のロータリーの向かいにあるベーカリーだ。若い夫婦が朝早くから何種類ものおいしいパンを焼く。野原高生にも人気で、登下校の際にはひどく混み合う。それ以外の時間帯は町の人達でにぎわっている。店の中は窓際に小さなカウンターがついていて、買ったパンと飲み物を店内でも食べられるようになっていた。

「南店長、僕には待ち人なんて」と言いかけたが、槇乃さんが猛烈ににこにこしているので、おそるおそる聞いてみる。

「いるように見えました、待ち人？」

「はい。思いきり気を取られて、挙動不審でしたから。ついでに言うと、ここ一週間ほどずっと変でしたよ」

槇乃さんはこくりとうなずき、大きな目をみひらいて、僕と猪之原さんを見比べる。そして両手で口をおさえ、くふふと笑った。全身からふわっとやわらかな空気が立ちのぼり、僕はまともに見つめることができない。あわててそらした目が猪之原さんと合うと、同情とも呆《あき》れともいえない、微妙な表情でため息をつかれた。

一方、槇乃さんは喫茶スペースにいる瀬見さんを目で示し、猪之原さんに尋ねる。

「それで、あちらの方にはお知らせしますか？」

猪之原さんがぎょっとしたように、上半身をのけぞらせた。僕も驚いた。どうして槇乃さんは、猪之原さんと瀬見さんにつながりがあることまで知っているのだろう？

槇乃さんはそんな僕らの疑問を読み取ったらしい。「あの日」と人差し指を突き立てた。

「倉井くんが万引きと間違えて猪之原さんを取り押さえてしまった日、私は不思議でした。どうして猪之原さんは、本屋でわざわざ自分の本を読むような真似《まね》をしたのかな、と」

そういえばそうだ、と僕も考え込んでしまう。普通は、本屋の中で自分の本を読む人はまずいない。あの時の反応からすれば、わざと万引き犯に間違われようとしたわけではないだろう。では、なぜあんな紛らわしい行動を？

誰とも目を合わせず微動だにしない猪之原さんに、槇乃さんがにっこり笑いかけた。

「考えた結果、私は一つの仮説に辿《たど》り着きました」

「何よ？」

「猪之原さんは、ご自身の本を読んだのではなく、使っただけだ」

槇乃さんは読みかけらしい自分の文庫本をエプロンのポケットから出し、「とっさに、こうやって」と自分の顔の前に掲げてみせた。すかさず僕は覗き込み、声をあげる。

「顔を隠すのに使った？」

「正解！　大きなマスク代わりですよね、猪之原さん？　おそらく、誰かに見つかりたくなかったのかと」

僕と槇乃さんに見られ、猪之原さんはそっぽを向く。槇乃さんは微笑み、喫茶スペースの瀬見さんに目を移した。

「後で栖川くんに聞いたら、その時間に喫茶スペースにいらしたお客様は、あの方でした。その後、倉井くんが挙動不審になる日にも、必ずあの方がいました」

猪之原さんはそっぽを向きつづけている。聞こえる右耳で音を追うと、そっぽを向いているように見えてしまうのだと、僕はもう知っている。

槇乃さんは自分の文庫本をエプロンのポケットに戻しながら、のんびり言う。

「あの方も、もうすぐ『長いお別れ』を読み終わりそうですね」

「えっ。瀬見さんは『長いお別れ』を読んでいたんですか?」

「はい。当店でお買い上げいただいた、清水俊二訳の『長いお別れ』です」

「あ。だから、僕が買いたかった時、〈金曜堂〉に在庫がなかったんだ」

腑《ふ》に落ちた僕の声は、大きすぎたようだ。栖川さんと瀬見さんが何事かといった表情で、こちらを見る。

僕は顔を伏せて槇乃さんから離れると、目の前の猪之原さんにだけ聞こえるようにささやいた。

「僕が『長いお別れ』を読んだのは、気になる人が『特別に好き』と言った本だからです。気になる人のことが、少しでも知りたかったから」

猪之原さんはちらりと槇乃さんを見て、首を横に振る。

「瀬見さんが、あなたと同じくらい単純とは限らない」

「だけど、瀬見さんは知っているんですよね？　猪之原さんが『長いお別れ』に書き込みをしたり、付箋を付けたりするほど好きだってこと。マーロウに憧れているってこと」

しぶしぶうなずく猪之原さんに、僕は駄目押しした。

「瀬見さんと話してください。気持ちをたしかめた方がいい」

猪之原さんは僕の大真面目な言葉に、ふっと鼻で笑う。けれど次の瞬間、顔を引き締め、瀬見さんの方に歩き出した。

「寿子ちゃん？　どうしてここに？」

近づいてくる猪之原さんを見て、瀬見さんが驚いたように席を立つ。猪之原さんはまるで殺人現場に踏み込んだ刑事のように「動かないで。そのまま座って」と鋭い声で言った。

「何だ？　おい、何だ？　どうした？」

がなりながら腰を浮かした和久さんを、栖川さんがカウンター越しに羽交い締めにして、おとなしくさせる。

周囲の静まりかえる中、猪之原さんは、ふたたび席に着いた瀬見さんの前に立った。しっかりした太い眉がぴくぴくと動き、幅広の肩が何度も上下する。やがて、大きなため息と共に言葉が絞り出された。

「昨日、私、見たの。あなたと女性がいっしょに――」

しかし、言葉は最後までつづかなかった。瀬見さんがスーツの胸ポケットから一枚の小さな紙を取り出してみせたからだ。

何だあの紙は？　僕が喫茶スペースへと足を踏み出すより早く、羽交い締めを解いて覗き込んだ和久さんが、ひゅうと口笛を吹いた。

「これ、モデル事務所の名刺じゃねぇか。あんた、スカウトされたのか？」

「はい。営業中に道ばたで。アラフォー用の雑誌モデルは若すぎない方がいいとか何とか」

「かーっ。すげーな、おい。こんな辺境の町で見出《みいだ》されて、モデルかよ」

「いえ、僕は別に返事は――」

「やべーな。やべーぞ、栖川よ。俺達もうかうかしてらんねぇぞコラ。パチンコ行く途中でスカウトされたら、どうすんべ？」

「ヤスくん、それ、今、関係ない話だね」

槇乃さんが書棚の方からふわっとたしなめると、和久さんはぺろりと舌を出して黙った。

瀬見さんはほっとしたように息をつき、猪之原さんに向き直る。

「寿子ちゃんは、僕がこのスカウトの人と歩いているところを、見たんじゃないかな？」

「……スカウトの人って、簡単に腕を組むわけ？」

猪之原さんの声はまだ固い。

「それは……強引に誘われて、断ったら腕を取られて、納得いく説明をするまで離してもらえなかったんだよ。信じてほしい」

瀬見さんがカウンターに両手をついて、食い入るように猪之原さんを見つめる。聞こえる右耳を向けていた猪之原さんは、顔を正面に戻して、「信じるわ」と静かに言った。

「で、どうする？」

「え」

「正直、私はこの機会に別れてもいいと思ってる。瀬見さんもそうじゃない？　私達、いつも遠慮しあって、ケンカもしたことがない。深刻な話もしたことがない。本当の自分は見せない付き合い方しかしてこなかった。それで恋愛とか結婚とか、やっぱり無理だよ」

猪之原さんの声は落ち着いていたけれど、語尾がわずかにかすれたのを、僕は聞き逃さない。仁王立ちしているようにしか見えない猪之原さんが今、小さく震えていることを、その震えを誰にも気づかれないようにしていることを、どうか瀬見さんが気づいてくれますように。

けれど、瀬見さんは身じろぎもせず、何も答えようとしなかった。

じわじわと固まっていく空気をほぐすように、槇乃さんの声がのんびり響く。

「ちょっと小腹が空きませんか？　さあ、猪之原さんも座ってください。栖川くんが今、おいしいものを作ってくれますから」

槇乃さんに目配せされ、栖川さんがかすかにうなずく。和久さんはカウンターの端で興味津々と顔に書いたまま、猪之原さん達を見比べていたが、弾《はじ》かれたように立ち上がり、「俺も手伝うわ」とカウンターの中にいそいそ回り込んだ。

＊

栖川さんが猪之原さんと瀬見さんのために手早く作ってくれたのは、パンケーキとスクランブルエッグ、それとカリカリに焼いたベーコンのワンプレートディッシュだった。しばらく電車の発着がなく、客も来そうにないため、僕と槇乃さんも喫茶スペースに置かれたテーブル席に移動する。ベーコンの香ばしいにおいにつられてお腹《なか》が鳴らないか、僕はひやひやしたものだ。

プレートを覗き込んだとたん、ずっと固かった猪之原さんの表情がやわらいだ。

「これって、酔いつぶれたテリー・レノックスをマーロウが自宅に連れてきて、食べさせてあげた食事じゃない？　本の中だと、パンケーキがトーストだったけれど」

栖川さんはゆっくりうなずき、「食パンが切れていたもので」とキッチンペーパーでフライパンの油を拭いながら言う。ふだんあまり表情を変えない栖川さんだが、少し微笑んでいた。

「いただきます」と手を合わせて食べはじめた瀬見さんが、左隣の猪之原さんをちらりと窺《うかが》いながら、独り言のように言う。

「テリーはおいしく食べたのかな」

「食べたと思う。友情のはじまりの味がしたんじゃないかしら」

スクランブルエッグをフォークでつつき、猪之原さんは瀬見さんに向き直った。

「瀬見さん、『長いお別れ』を読んだのね。本は苦手って言ってたのに」

「うん。苦手だから、全部読むのに時間がかかった」

「でも読み通した」

「……寿子ちゃんが『私の一部を作った本なんだ』と言ってたから、読んでみたかった」

瀬見さんはきれいに切り分けたパンケーキを次々と口に運び、小さく笑った。猪之原さんは困ったように太い眉を下げ、豪快にスクランブルエッグを頬ばる。

「モデルに転職するの？」

「まさか」

「スカウトの人、しつこかったんでしょう？」

猪之原さんが遠回しに瀬見さんの気持ちを探っていることがわかって、僕はうつむいてしまう。

「うん。でもきっと、もう来ない。真実を教えたから」

「真実？　何その仰々しい言い方」

猪之原さんは笑いかけて止《や》めた。僕からは見えなかったけれど、瀬見さんの顔が大真面目だったのだろう。瀬見さんがゆっくり深呼吸してから口をひらく。

「僕の外見は、全部加工品。顔の整形手術と各所の脂肪吸引で、全身しめて八百万円」

その唐突な告白の重さに静まりかえった店内に、突然「ひぇっく」と奇妙な音が響きわたる。

「何？　誰？」

険しい顔で振り向いた猪之原さんに、「ごめんなさい」と両手を合わせたのは、僕の隣の槙乃さんだ。

「驚きすぎて……ひぇっく……しゃっくりが……ひぇっく」

「ふざけてるの？」

「ふざけて……ひぇっく、ひぇっく、ひぇっく……ません」

「絶対ふざけてるね」

「ちげーよ。南は本当に昔から、驚くとしゃっくりが出やすい体質なんだよ。なあ、栖川」

和久さんが助け船を出し、栖川さんもコクコクとうなずいて加勢したものの、重要な話に水を差された猪之原さんの顔は、険しいままだった。そりゃそうだ。

ただ、その間の抜けたしゃっくりも、瀬見さんの緊張を解く効果はあったようで、ふだんの話し方に戻る。

「学生時代、外見のことでいじめられたり、馬鹿にされたり、ハブられたりしてね、何とかしたいと、ずっと思っていた。だから社会人になってすぐ、ローンまで組んで整形したんだ」

二人の食事が済んだのを確認して、栖川さんがサイフォンでコーヒーを淹《い》れはじめた。

「正直言えば、外見が良くなって、得をしたことは多い。自信もついたと思う。性格だって、これでもずいぶん明るくなったんだよ。経験者として、整形は一つの生きる技術だと考えている。だけどね、外見を取り繕ったことで、僕の中にある弱さが、強くなる機会を失ってしまったのも、また事実だ」

フラスコの水をあたためるアルコールランプの炎を覗き込んで、瀬見さんは息をついた。

「寿子ちゃんに会うまで、そんなことには気づかなかったんだけど」

「私？」

突然の名指しで、心底驚いたように猪之原さんがまばたきする。髪を引っ張りながら、右耳にかけた。その仕草を見て、瀬見さんはつらそうに微笑む。

「自分の弱い部分ときちんと向き合うことで、強くなったんだよね、寿子ちゃんは」

「私は――」

「周りにどう思われているかばかり気にする僕に、『人間はみんな違うんだから、変人で当たり前、空気読めなくて上等ってひらきなおっちゃえ』って言ってくれたよね？」

それは、僕も言われた言葉だった。

左耳をおさえてうつむく猪之原さんに、瀬見さんはせつなそうに笑いかける。

「マーロウみたいな男に守られたいんじゃなくて、マーロウみたいな人間になりたいと願う。そんな寿子ちゃんの強さを、僕は尊敬する。だから余計に恥ずかしいんだ。いくつになっても、他人の視線の中でしか生きられない自分が、もっと早くに胸を張って、『整形している』と寿子ちゃんに伝えられなかった自分が、寿子ちゃんにふさわしくない男に思えてしかたない。そもそも——」

「そもそも？」

猪之原さんが怪訝《けげん》そうに聞き返したが、瀬見さんは答えない。ふたたび「ひぇっく」と、槇乃さんのしゃっくりが響く。

フラスコ内の熱湯がロートに吸い上げられていく様を見ながら、瀬見さんはそわそわ伸びをした。腕をおろしがてら、カウンターの向こう側にいる栖川さんと和久さんを指す。

「そういえば、さっきまで〈金曜堂〉の書店員さん達と話していたんだけど、寿子ちゃんは『長いお別れ』でマーロウが最後にする選択について、どう思った？」

瀬見さんのその質問は早口で、いかにもとってつけた気がしたけれど、猪之原さんは辛抱強く付き合うつもりらしい。

「最後ってあそこ？　本当のラストシーン？」

「そう。あの人と対峙《たいじ》して下す決断は、『もっともだ』と思った？　それとも『厳しい』と思った？」

猪之原さんは最初こそ太い眉をひそめたままだったけれど、だんだんその意志の強そうな瞳が、きらきらと光ってきた。自分の好きな人と自分の好きなことを話す時、人はきっとこういう顔になるのだ。

「『もっともだ』ね。あの選択にこそ、マーロウの美学があると思う」

そのあまりにきっぱりした言い方に、カウンターの中で気配を消していた和久さんが「そうかあ？」と唇をとがらせる。

「あそこで突き放すことねぇだろ？　誰だって間違うことはあるし、必要に迫られて裏道を歩く時だってある。友達なら少しくらい大目に見てやれっての」

「そんなことは、マーロウだって百も承知なのよ。それでも、自分の主義に嘘《うそ》はつけないところが、孤高の探偵と呼ばれる所以《ゆえん》なんじゃない。そこに痺れるんでしょう」

猪之原さんは、金髪角刈りの小さなチンピラ風オーナーの和久さんにひるむことなく、とうとうと語り、瀬見さんに右耳を近づけた。

「瀬見さんはどっちなの？」

抽出の終わったフラスコを持ち、栖川さんがコーヒーをカップに注ぐ。無駄のない、あざやかな手つきだ。書店員ですよね？　といつも確認したくなる。

すっと差し出されたコーヒーを一口味わってから、瀬見さんは寂しそうに微笑んだ。

「僕も『もっともだ』と思う。そもそもどんな事情があろうと、あの人はマーロウに会いに来るべきではなかった。真実を言うなら、さよならを覚悟しなきゃね」

「さよならが前提の告白なんて、私は聞きたくな――」

「ひぇっく」

「ちょっと！　しゃっくり、うるさいな。今、大事なところ！」

「すみません……ひぇっく……制御……ひぇっく……不能で……」

猪之原さんが頭を抱えてため息をついている間に、瀬見さんは「今話さなければ、いけない気がするから」と決意を込めた声で言って、カップを両手で包み込んだ。

「僕の苗字《みょうじ》は、親が離婚して引っ越すまで、田中でした」

「ひぇっく」

戸惑う僕ら書店員を尻目に、猪之原さんの目が大きくなる。

「田中……兼人。田中兼人？」

「何だ？　知り合いか？」

和久さんが怪訝そうに聞いて、栖川さんからふきんを投げられた。黙って食器拭きでもしておけということだろう。ただ、瀬見さんは和久さんを見て、律儀にうなずいてくれる。

「そうです。僕は猪之原さんと小学校の同級生だった……いや、ふざけた拍子に猪之原さんを事故に巻き込んで、左耳の聴力を奪った、同級生の田中兼人なんです」

一言も発さない猪之原さんに向き直り、瀬見さんはゆっくりスツールを降りると、「申しわけなかった」と頭を下げた。

二人の出会い——本当は再会——は偶然だったようだ。ただ、瀬見さんの方はすぐに、猪之原さんがかつての同級生で、自分が怪我を負わせた相手であることに気づいた。

片耳難聴という形で、事故の傷が猪之原さんに残っていたことを知って、瀬見さんの良心は疼《うず》いた。そして、猪之原さんが今どんな暮らしをしているのか、生活に不便はないのか、どんな大人になったのか、いろいろ気になり近づいたそうだ。

「困っていたら、何食わぬ顔で助けてあげようって。でも寿子ちゃんは、強く生きていた」

日々の刺激をもらい、助けられたのは、むしろ僕の方だった、と言って、瀬見さんはようやく顔を上げる。

「いつしか……僕は寿子ちゃんの強さに惹《ひ》かれていた。一人の女性として尊敬して、もっとそばにいたい、できれば、ずっといっしょにいたいと願うようになった。一刻も早くと焦って、プロポーズまでした。だけど、いざ寿子ちゃんと過ごす日が多くなると、苦しくなってきた。嘘で土台を固めた自分が、寿子ちゃんに見合う相手のふりをするため、このまま一生嘘の上塗りをつづけるのかと考えたら恐ろしくて、申しわけなくて、でもその苦しさに耐えるのが、罪滅ぼしであるような気もして、もう自分の心の中にある寿子ちゃんへの思いが、恋心なのか罪悪感なのか、わからなくなってしまった。だから昨日、寿子ちゃんに別れを告げられた時、正直ほっとしたんだ。本当にごめん」

ふたたび頭を下げた瀬見さんを見下ろし、猪之原さんは大きく息を吐く。その顔にさまざまな感情が走っていったが、結局、最後はふっと鼻で笑い、左耳を触った。

「勝手に傷とか言わないでくれる？　私は片耳難聴の自分も、モテない自分も、まるごと個性だと思ってる。たしかに、私は事故に巻き込まれた。でも、誰も恨んでないし、誰にも罪滅ぼしなんて頼んでない。瀬見さんはいつまでも責任を感じなくていいし——」

言葉を切ったのは、きっと声が震えてしまうからだ。何も知らない人が見たら、強情そうに見えるかもしれないへの字口は、猪之原さんの防御壁であり、つまり、弱さだった。

「自由になっていいのよ」

感情を殺すから、低い声になる。相手への思いやりがねじ曲がって、気持ちと反対の言葉しか出てこない。マーロウは泣かないし、恋人も持たない。だけど、マーロウの強さって、そこじゃないだろう？　僕が膝の上で拳を握りしめていると、槇乃さんがささやいた。

「当人同士にしかつけられないエンドマークって、ありますから」

ふらりと立ち去りかけた瀬見さんの視線が、猪之原さんの幅広の肩に注がれる。きっとその肩のかすかな震えに、涙より熱い悲しみが読み取れたはずだ。次の瞬間、瀬見さんはがばりと床に伏せた。それは、僕が生まれてはじめて見る、リアルな土下座だった。顔を擦《こす》りつけているせいか、声がこもる。

「寿子ちゃん！　勝手なお願いで悪いけど、僕ら、もう一度再会からやり直せないだろうか？　僕はあの田中兼人が整形した姿だとわかってもらった上で、もう一度、君といろいろな話がしてみたいんだ。『長いお別れ』の話でもいい。僕も読んだから語れる。もちろんそれ以外の話でもいい。寿子ちゃんの好きなものを、いろいろ教えてよ。そうやって少しずつ時間を重ねて、お互いを知っていかないか」

「まずは友達からね」

スツールに腰掛けたまま、猪之原さんが慎重に言う。土下座した瀬見さんは背を丸めて、かすかにうなずいた。

「十分だよ。もし、寿子ちゃんが僕を友達と思ってくれるなら……こんなにありがたいことはない」

猪之原さんは表情を変えないまま、カウンターの上に置かれた瀬見さんの『長いお別れ』を手に取った。最後の方のページを走り読む。きっとあのラストシーンを読んでいるのだ。

マーロウは、弱くて狡《ずる》い人間をとうとう最後まで赦《ゆる》さなかった。そんなマーロウを「もっともだ」とした猪之原さんは今、自分の目の前で情けなく土下座する瀬見さんを、どう見るのだろう？

「私からも、瀬見さんに一つ告白することがあるんだけど」

「え」と思わず顔を上げた瀬見さんの横にしゃがみ、猪之原さんは早口で言った。

「私はそんなに強くないよ、本当は。むしろ弱い」

「そうなの？」

「さあ、どうだろ？　たぶん？」

猪之原さんは首をかしげながら、瀬見さんの弱さも狡さも赦して、腕を引っ張って立たせてやる。その姿はマーロウより甘ちゃんで、でも僕にはマーロウよりずっと強く見えた。

ふいに僕の横で槇乃さんが立ち上がり、カウンターに向かう。そしてふたたびスツールに腰掛けた猪之原さんと瀬見さんの脇に立ち、恭《うやうや》しく尋ねた。

「《ギムレットにはまだ早すぎ》ますか？」

せっかく格好つけたのに、最後に「ひぇっく」とまたしゃっくりが出てしまう。それで、まだ少し緊張の残っていた二人も、顔を見合わせて笑い、同時に首を横に振った。

「早くない。むしろジャストタイミングよ。いただくわ」

「僕も一杯お願いします」

槇乃さんの視線を受けて、栖川さんはすでに用意していたふたつの寸胴《ずんどう》グラスに『長いお別れ』で友情の証《あかし》だったカクテルを作る。

「あっ」と僕は思わず声を出してしまった。

グラスに注がれたのは、薄い緑がかった黄色の液体だったのだ。瀬見さんがいつも営業あがりに〈金曜堂〉で飲んでいたドリンクだ。僕の顔をちらりと見て、栖川さんが肩をすくめる。

「あいにくカクテルグラスを切らしておりまして。ジュースのような見た目で失礼」

猪之原さんの好きな『長いお別れ』を読み、一人でギムレットを飲んでいた瀬見さん。案外、二人の友情は今度こそスムーズに——猪之原さんがこじれずに済むくらい自然に——恋愛に進むのかもしれない。僕がそんな淡い期待を抱いて槇乃さんを見ると、しゃっくりしながらも、にっこり笑ってうなずいてくれた。

どうやら槇乃さんは、瀬見さんの「いつものやつ」がギムレットであることを、とっくに見抜いていたようだ。

*

瀬見さんと猪之原さんが帰った後、明日の仕込みをするという栖川さんと、彼の手伝いという名目でもって、カウンターで読書をつづける和久さんを置いて、僕と槇乃さんは

〈金曜堂〉の地下書庫に降りた。

バックヤードのリノリウムの床についた扉の把手《とって》をつかんで、あける。近くの棚から懐中電灯を取り、口をあけた真っ暗な穴を照らすと、階段が見えた。跨線橋のどこにそんなスペースがあるのか不思議なくらい、階段は断続的につづき、床下を右へ左へ迷路のように進んでいく。アルバイトをはじめたばかりの頃は、この地下迷宮が少し怖かったけれど、慣れた今となってはわくわくするだけだ。

最後の長い階段を降りきったところの壁にあるスイッチを押すと、蛍光灯が一斉につき、暗闇から解放された。

僕らの前に、一度も電車の走らなかった地下鉄のホームと線路が現れる。

戦前に持ち上がった東京まで地下鉄を走らせる計画が戦時中に頓挫し、そのまま封鎖された広大な空間を、〈金曜堂〉が地下書庫として蘇《よみがえ》らせたのだ。

ホームの下には当時のレールが腐食しつつそのまま延びて、ホームの上では本で埋まった頑丈な本棚が、天井すれすれまでずらりと並び、この世の果ての図書館といった体《てい》だった。低い天井には大きなダクトがむきだしで張り巡らされ、空調は完璧だ。これらの大がかりなリノベーション費用は、〈金曜堂〉オーナーの和久さんがもった。和久さんは、和久さんのお父さんやお祖父さんが営む『和久興業』から出してもらったらしい。その際に耐震工事もしっかりやり直したので、大昔に作られた地下空洞を抱えて途方に暮れていた大和北旅客鉄道としては、渡りに船だったのだろう。許可はすぐおりたそうだ。

槇乃さんに頼まれ、僕は小さな段ボールを持ってきていた。あけると、何冊かの小説と漫画が入っている。その中には、僕が返品のために箱詰めにした本もあった。

「普通は返品すればお金が戻ってきて、店の負担はなくなるのだけど、多少コストはかかっても、どうしても店に残しておきたい本ってあるでしょう？」

槇乃さんがいつもより反響する声で、歌うように同意を求める。僕は黙ってうなずき、段ボールから何冊か取り出した。

「倉井くん、それらの本を著者の名前順に棚に入れていってくれますか？」

「わかりました」

「新書、単行本、文庫と、本の形態で書棚が違うから気をつけてください」

「了解です」とうなずき、僕は長いホームに負けじと延びる本棚の並びを眺めた。これらの本棚に入っている書籍の大多数は、そもそも地元の書店が抱えていた在庫だ。「ショタレ」と呼ばれる、様々な理由で返品がきかない迷子の本達を、その書店が潰れた後〈金曜堂〉が譲り受けたと聞いた。今ではそこに〈金曜堂〉の在庫も着々と加わって、壮大な地下書庫となっている。『読みたい本が見つかる本屋』というネットの噂が、そのうち物量的にも真実になる勢いだ。

僕は文庫本の棚の前に立ち、右へ左へと手を伸ばし、あるいは体ごと移動して、新しい在庫を入れていく。〈金曜堂〉店長の槇乃さんのお眼鏡にかなった本のタイトルを、スマホにこっそり記録しながら。

単行本の棚に移動しようとした時、目の端にレイモンド・チャンドラーの名前を見つけて足を止めた。高校生の槇乃さんが〈金曜日の読書会〉の面々と読んだ課題図書『大いなる眠り』を探すと、こちらは双葉十三郎が訳した創元推理文庫版、村上春樹が訳したハヤカワ・ミステリ文庫版、どちらも揃っていた。

――買っちゃおうかな。

僕の指が高校生の槇乃さんが読んだものと同じ、創元推理文庫版の背表紙にそっと触れた時、槇乃さんが書棚の脇から顔を覗かせた。

いきなり近くに現れた槇乃さんに驚いて、声も出せず横っ飛びした僕の顔をまじまじと見つめ、槇乃さんはぷっと噴き出す。

「何ですか?」

「倉井くん、眼鏡……ずれてます」

息もたえだえにそれだけ教えてくれると、後は腹を折って「あははは」と朗らかに笑い崩れた。笑われているのに、なぜか嬉しい。槇乃さんが楽しそうなのは、いいことだ。僕は眼鏡の位置を直して、「えへへ」と頭を掻いた。

そして槇乃さんが落ち着くのを待って、もう一度尋ねる。

「何か用事でしたか？」

「あ、そうそう。そういえば、聞くタイミング、を、逃し、ちゃったな、って——」

槙乃さんは背伸びをして、危なっかしい手つきで文庫本を一番上の書棚に入れようとしながら言った。代わって入れてあげると、「ありがとう」とにっこり笑って僕を見上げる。くるんとカールした長いまつ毛に覆われた大きな目が、僕だけを映していた。

「倉井くんは、マーロウの最後の選択をどう思いましたか？」

「あ」と僕は思い出す。

『長いお別れ』でマーロウが最後に友と袂《たもと》を分かつことについて「もっともだ」と思う賛成派か、「厳しい」と異議のある反対派か、僕が槙乃さんに伝えようとしたところで瀬見さんが現れ、一連の騒ぎに巻き込まれたのだ。

僕はダクトだらけの低い天井を見上げ、唇を湿してから、槙乃さんを見た。吸い込まれそうな大きな瞳が、さっきと変わらず僕の返事を待っている。

「僕は……『厳しい』派ですね」

槙乃さんはぱちぱちと音がしそうなまばたきをした。絶妙な角度で小首をかしげ、僕の言葉の先をうながす。

僕はスマホを取り出し、本文から抜き出した文章を読み上げた。

「《ひと好きがして、いろいろといいところを持っていたが、どこかにまちがっているところがあった。一つの信念を持っていて、それを生き抜いてきたが、あくまで君がつくりあげた信念だった。道徳や良心とはなんの関係もないものだった。いいところを持っていたから、いい人間にはちがいなかったが、まともな人間ともギャングやごろつきとも同じようにつきあっていた。》」

マーロウのようなむきだしの友情を抱いたことも抱かれたこともない僕の場合、読みながら思い浮かべる人物は、どうしても父さんになる。

書店の経営者としてはすばらしい人だけど、僕の母親やその後に妻となった女性達——僕の腹違いの妹達の母親ら——に対していい夫だったかといえば、決してそうじゃなかった。ずいぶん年の離れた今の妻の沙織さんにだって、苦しい思いをさせたことがある。歴代の母さん達の泣いている背中を思い出すと、僕は胸が痛くなった。あんたはひどい男だと、父さんをなじりたい気持ちが頭をもたげる。それでも、父さんを切り捨てたいと思ったことは一度もない。これからも、たぶん思わないだろう。

僕は唇を舐《な》めると、嚙みしめるように言った。

「……まちがっているところといいところを併せ持って、どちらかといえばまちがっているところが勝ってしまう相手を、切り捨てるかどうかでいえば、僕は付き合っていきたいです」

「酷《ひど》い目に遭っても？」

「はい。その人が誰かを酷い目に遭わせるくらいなら、僕が遭いたいです。そして、赦したいです。だってその人、いい人間でもあるんだから。一度でも自分が『信じたい』と思った相手なんだから」

僕は言い切っておきながら、急に不安になって「なーんて言ったりして」と眼鏡を外してレンズを拭いた。

「無謀な理想論ですかね？」

僕は眼鏡をふたたびかけながら何気なく槙乃さんを見て、息をのむ。槙乃さんの大きな目の縁に、涙がなみなみと溜まっていたからだ。一度でもまばたきをすれば、たやすくこぼれ落ちそうな涙をとどめたまま、槙乃さんは微笑む。

「かもね」

そのままくるりとモスグリーンのエプロンを翻して、僕に背を向けた。僕もあわてて目をそらし、どこにもつながっていない線路の先を見つめる。

槙乃さんが背を向けたまま言った。

「でもかつて、倉井くんと同じことを言った人がいましたよ」

「……〈金曜日の読書会〉のメンバーですか？」

「うん」とうなずき、髪をなびかせて振り向いた槙乃さんにもう涙はない。

――槙乃さんはその人のことが？

僕はその質問をつづけることが、どうしてもできなかった。

槇乃さんは何事もなかったように段ボールを確認し、親指を突き出す。

「倉井くん、今日の作業終了です。おつかれさまでした」

「あ、はい。おつかれさまでした」

僕は少し落ちてしまった肩で、地下の風を無理矢理切って歩いた。今夜はマーロウよろしくバーで一人飲みたい気分だ、なんて思っていると、階段の上から和久さんの声がする。

「おーい。帰りに肉食ってくか、肉。駅長から焼き肉アリヨシ亭の割引チケットもらったんだ。飲み放題付きだぞ」

「行く！」

脊髄反射並みに早い返事をして、槇乃さんが僕を見上げる。

「倉井くんは？」

「あ、えーと、僕は今夜――」

「倉井くんは？」

「……行きます」

「やった。みんなでたくさんお肉食べようね」

「はい」

僕は地下書庫の電気を消すと、槇乃さんにつづいて階段をあがる。途中、足をすべらせ体勢を崩しそうになったら、槇乃さんがばしっと僕の手をつかんで支えてくれた。

「倉井くん、だいじょうぶ？」

「はい。ありがとうございます」

槇乃さんの小さな掌から伝わってくる熱にのぼせながら、僕は階段を踏みしめる。

いつのまにか、槇乃さんのしゃっくりは止まっていた。

第3話

僕のモモ、君のモモ

「じゃ、南店長、外しますよ？」

脚立《きやたつ》にのぼった僕が声をかけると、僕の足元を押さえていた槇乃さんが振り仰ぎ、まぶしそうにまばたきしながら、こくりとうなずいた。

肌に感じる風が日に日に気持ちよくなってきている五月の最終週、ゴールデンウィーク明けから催してきたハードボイルドフェアを終わらせると宣言したのは、槇乃さんだ。

——野原高の新入生達の五月病も、そろそろ完治した頃でしょうから。

槇乃さんのその言葉を思い出しながら、僕は『五月はタフにいこうぜ』と手書きされたパネルを外す。槇乃さん自らコピーを考え、同僚の栖川さんが手作りしたパネルだ。

そのパネルの下に、ダシール・ハメット、レイモンド・チャンドラー、北方謙三《きたかたけんぞう》、大沢在昌、原尞《はらりよう》、矢作俊彦《やはぎとしひこ》といった東西の代表的なハードボイルド作家の作品、サラ・パレツキー、桐野夏生《きりのなつお》、仁木悦子、小泉喜美子《こいずみきみこ》、乃南《のなみ》アサといった女性作家の作品、村上春樹や安部公房《あべこうぼう》といった純文学作家達が書いた作品も、平積《ひらづ》みで並べてあった。

僕が三月の終わりからアルバイトをはじめた〈金曜堂〉は、駅の中の本屋だ。

野原駅の跨線橋《こせんきよう》に店がある。生徒総数三千人超えのマンモス校、野原高校がなければとっくになくなっていたと言われている駅だけあって、〈金曜堂〉を利用する客のほとんども野原高生達だ。フェアの内容や商品の仕入れは、おのずと彼らを中心に考えることが多かった。

五月病に罹《かか》っていた新入生が果たしてどのくらいいたのかわからないけれど、平積みされたハードボイルド作品達は、ぼちぼち売れた。ついさっきも、大きなチューバケースを担いだ女子高生が、志水辰夫《しみずたつお》の『飢えて狼《おおかみ》』を買っていったばかりだ。

僕は眼鏡を押し上げ、パネルを担いで脚立をおりながら、店内を見渡す。数分差で上りも下りも電車が来て、店の中でたむろっていた野原高生達が一斉に出て行ったのと入れ替わるように、にぎやかな女性達の集団がフロアの向こう半分を占拠していた。そこには、レトロなオレンジ色のランプシェードがさがったバーカウンターがしつらえてあり、空色のソファの置かれたテーブル席もある。どう見ても、昭和の時代からつづく喫茶店だが、ここも〈金曜堂〉の店内、れっきとした本屋の一角だった。

カウンターの中では、栖川さんが白シャツに蝶ネクタイを締め、エプロン姿でグラスを磨いている。マスターでもバーテンダーでもなく、書店員ですよね？　と僕は今でも一日に二度くらい、たしかめたくなる。それほど、栖川さんのカウンターでの所作は、スマートで格好良かった。

栖川さんに見惚《みと》れるあまり、足元がおろそかになったらしく、僕は脚立の最後の段を踏み外す。

「あぶない！」

槇乃さんの叫び声がして、僕はそのままパネルと共に尻餅をついた。ずれた眼鏡を直しながら見たのは、槇乃さんに抱きすくめられた小学生くらいの男の子の姿だ。

〈金曜堂〉の店長がとっさに救うのは、バイト書店員ではなくお客様。この当たり前の事実に、僕はわずかばかりショックを受ける。単に槇乃さんに抱きすくめられたかったんだろうとか、そういう勘ぐりはやめてほしい。僕はあわてて「申しわけありませんでした。お怪我はなかったですか？」と、その実にうらやましい男の子に頭を下げた。

大きなリュックを背負った彼の顔には、見覚えがある。最近よく〈金曜堂〉の喫茶スペースで、ピラフを食べている子だろう。目鼻立ちが女の子のようにやさしく整っていて、顔がうんと小さく、手足は長い。星の王子さまみたいな男の子だ。

男の子は「怪我はしてません」と迷惑そうに槇乃さんの腕を払いのけ、僕を睨《にら》んだ。

「そんなことより、どうして今日は喫茶がお休みなんですか？　事前に臨時休業の告知はありましたか？」

女の子のように可憐《かれん》な男の子の口から次々と飛び出してくるのは、意外にも大人びたかたい言葉だった。

「あ、えーと、それは――」

「今夜は朗読サークルの発表会で使うんです。あの場所は多目的スペースでもあるので」

しどろもどろになっている僕の横から、槇乃さんがのんびり答えてくれる。

「あ、でも、別に喫茶は休業じゃないですよ。どうぞ、いつものようにご利用ください」

「あんなににぎやかだと、いつものようには、くつろげないです」

男の子は声変わり前の高い声に敵意を込めて、きっぱり言い切った。槇乃さんはひるむでもなく、焦るでもなく、にっこり笑ったままうなずく。

「その分、いつもと違う楽しみがありますよ。さあ、どうぞ」

そう言って、槇乃さんは男の子を喫茶スペースまでいざなっていく。男の子は抵抗しようとしたが、「ピラフも作りますよ」と言われ、おとなしくなった。槇乃さんも、彼の顔を覚えていたらしい。


男の子は無事カウンターに席を用意してもらい、ピラフを食べることができた。レジ業務に入った僕はそれきり注意を払っていなかったが、槇乃さんはバックヤードと喫茶スペースを何度か行き来して、男の子が居づらくないよう、話し相手になっていたようだ。

夏至《げし》に向けてどんどん長くなっている陽がようやく沈む頃、野原町の朗読サークル『かすてら』の発表会がはじまった。

サークルメンバーが招いた観客、たまたま本屋にいて興味をひかれた客達が集まって、狭いスペースは立ち見が出るほどの盛況となっている。

「イベントをやると、こんなに人が集まるもんなんですね」

僕の言葉に、槇乃さんが「主催者の楢岡《ならおか》さんの人徳ですよ」と、にっこりうなずいた。

「『かすてら』というサークル名の由来は、『ぐりとぐら』に出てくる、あのふんわりしたかすてらだそうです」

「マジか？　フライパンで作る黄色いやつだろ？　あれってホットケーキじゃねぇの？」

「嫌だな、ヤスくん。卵たっぷりのかすてらだよ」

営業活動（自称）から帰ってきたオーナーの和久さんが、それこそかすてらのような色の角刈り頭を振って驚くと、槇乃さんはやんわりたしなめた。そして僕を見て、とりなすようにまたにっこりする。白い歯がきれいに並んだ笑顔だ。

「かすてらのにおいに森の動物達が集まるように、朗読の声に人の輪ができるといいなという祈りを込めたそうです。まさにその通りになっていますよね。すてきだわ」

すてきなのはあなたの笑顔です、と僕は絶対口には出せないことを思いながら、「はい」とうなずいた。

僕ら書店員が客のいなくなった書棚スペースの方から見守る中、サークル主催者の楢岡さんが輪の中心に進み出る。色使いの美しい服を着た、白髪まじりの女性だった。

「今日朗読するお話は、ミヒャエル・エンデの『モモ』です。ジャンルで分けると、児童文学というカテゴリに入ります。私は自分の子供がまだ小さかった時、この本を子供のために買いました。それから三十年が過ぎて、子供達はとっくに独立して家を出ていきましたが、この本はまだ私の本棚に変わらず置いてあります。今は、私のための本になっています。それくらい度量の大きな小説です」

そんなふうに楢岡さんが『モモ』の魅力を語った後、サークルメンバー達が少しずつ朗読していった。読む箇所はばらばらで、時折、話の前後が逆になっていたりもしたので、朗読会というものをはじめて体験した僕は戸惑ってしまう。

「はじめから順番に読んだりはしないんですね」

「時間が限られていますからね。でも朗読でさわりを聞くと、物語の全貌をあらためて文字で読みたくなりません？『かすてら』の朗読会は、本屋にはありがたいですよ」

槇乃さんはにっこり笑って、ゆるやかにウェーブした髪を肩から払った。シャンプーか何かのにおいが鼻先に香って、僕はとっさに目をそらす。

すると、もぞもぞと居心地悪そうに体を動かしている者と目が合った。槇乃さんによって強引に朗読を聞かされる羽目になった、例の男の子だ。そのまま見ていると、バーカウンターから身を乗り出すようにして栖川さんにお金を渡した後、大きく首を振ってスツールを降りた。

「《彼の考えでは、世の中の不幸というものはすべて、みんながやたらとうそをつくことから生まれている、それもわざとついたうそばかりではない、せっかちすぎたり、正しく

ものを見きわめずにうっかり口にしたりするうそのせいなのだ、というのです。》

あら、津森渚《つもりなぎさ》くん、もう帰っちゃうの？」

楢岡さんがずしりと重そうな単行本を抱えながら、声をあげる。朗読から普通の会話への移行があまりにスムーズだったため、僕は一瞬『モモ』の中にツモリナギサクンなる人物が出てくるのかと思ってしまった。

「フルネームで呼ばないでください」

「だって、あなたは津森渚くんでしょ？」

足を止めた男の子に、みんなの視線が集まる。朗読そっちのけで、ささやき合う声が聞こえた。

「誰？」

「あの顔、テレビで見たことあるわ。ほら、最近結婚したナントカっていう俳優さんの少年時代を演じてた——」

「子役？　有名？　あ、もしかして去年の大河とか出ていなかった？」

「CMでもよく見るよ。カメラとか遊園地とかのCMで見た気がする」

「やっぱりそう？　私、はじめからどっかで見たことあると思ってたのよ」

もはや朗読会どころではなくなっている。

男の子は小さくジャンプしてリュックを背負い直し、すうっと息を吸う。その息を吐くと同時に、よく通るまったく濁りのない声で言った。

「はい。僕が津森渚です。三歳の頃から雑誌モデルをはじめ、五歳からテレビに出ています。去年出たのは、大河ではなく朝ドラですね。ＣＭは某清涼飲料水と某ステーションワゴンに出演させていただいてます。それでは、失礼します」

一度も噛《か》まずに喋《しゃべ》りきると、渚くんは一礼してふたたび歩きだそうとする。楢岡さんは戸惑い顔のサークルメンバーに力強くうなずき、渚くんの前に立ちはだかった。

「何ですか？」

「よかったら、津森渚くんも朗読しない？」

「お断りします」

「楽しいわよ」

「楽しいかどうかは問題じゃありません。僕に仕事を依頼すると、ギャラが発生しますよ」

無垢《むく》な顔に似合わない生々しい言葉に、場の空気が凍りつく。僕の横でふわりと風が起きた。槇乃さんが動こうとしたのだ。けれどその時、店の奥から意外な声があがる。

「ピラフ五皿分の回数券でどうかな？」

めったに聞けない栖川さんの美声だった。おそらく渚くんも、バーカウンターの中で黙々と注文に応じる栖川さんの姿しか知らなかったのだろう。

「喋った」とうめいて目を丸くする姿が、こちらからも見えた。

その提案に乗じる形で、楢岡さんがもう一度頼みこむ。

「電車が来るまで、少しの時間でかまわないわ。プロの朗読を聞いてみたいの。お願い」

渚くんは周囲をぐるりと見回し、最後に栖川さんの顔をちらりと見上げた。そして鼻をつんと上に向けると、楢岡さんから差し出された単行本を奪い取るようにして手に持つ。そして、楢岡さんに指で示されたページを読みはじめた。

「《たしかに時間貯蓄家たちは、あの円形劇場あとのちかくに住む人たちより、いい服装はしていました。お金もよけいにかせぎましたし、使うのもよけいです。けれど彼らは、ふきげんな、くたびれた、おこりっぽい顔をして、とげとげしい目つきでした。彼らはもちろん、「モモのところに行ってごらん！」ということばを知りません。その人に話を聞いてもらえば、それで利口になり、心がなごみ、気持ちがはればれするというような人は、彼らのところにはいませんでした。》」

渚くんの澄みきった声が、ちょうどいい速さで語る子供のための物語は、本当にお伽《とぎ》噺《ばなし》に聞こえた。それでいて、現実と地続きの痛みもしっかり思い出せる。つまり、『モモ』という本が実にすばらしい小説だということを、渚くんはその短い朗読の中で、きっちり伝えきったのだ。

結局、渚くんは最後まで朗読の輪から外れなかった。

『かすてら』のメンバーが代わる代わる読んだ後、ふたたび自分の朗読の番がまわってきても、もう嫌な顔を見せず、楢岡さんに指定された箇所をすらすらと読みつづけた。

『モモ』の朗読会が終わった後、渚くんの周りに輪ができた。それは最初にあった物珍しさからの注目とは違う、仲間としての輪だった。

「いい朗読をありがとう」

楢岡さんがそう言って差し出した手を、だけど、渚くんはけっして握ろうとしなかった。

「ピラフの回数券分の仕事はしました」

そんな言い方をして、そっぽを向く。

楢岡さんはめげずに、「気が向いたら、またいつでも来てちょうだい」と朗読サークル『かすてら』メンバー募集のチラシを、渚くんの掌《てのひら》の中に無理矢理押し込み、メンバーや観客達を伴って打ち上げに行ってしまった。

「あー、疲れた」

がらんとした〈金曜堂〉のバーカウンターに突っ伏した渚くんの前に、きれいな色紙で作った紙束が差し出される。

「お疲れ。約束の回数券だ」

純日本風の顔立ちの中で異端ともいうべき、青い目を細めた栖川さんの言葉に、渚くんは勢いよく顔を上げた。さっきまでとは違う、本当にきれいな笑顔を作る。百人いたら百人が「星の王子さまみたい」って思うような、無垢な笑顔だった。

「ありがとうございます」

頬を紅潮させて、両手で恭《うやうや》しく色紙を受けとり、少し迷ってから「あの」と切り出す。

「『モモ』って本は……この店にも？」

「単行本も岩波少年文庫版も、在庫がありますよ」

すかさず答えた槙乃さんを無視して、渚くんの視線は栖川さんに向けられたままだ。

「貸してもらえませんか？」

渚くんがまっすぐ発したその言葉に、僕はレジカウンターについた手をずるりと滑らせた。「貸して」って言う？　よりによって本屋で？

「買わねぇのかよ」

案の定、金髪角刈りというパンチの効いた外見の和久さんからつっこまれたが、渚くんはひるまない。

「中途半端に読んじゃったから、つづきがちょっと気になるだけです。本当は本なんか読みたくないし、本を家に置いておくのも嫌なんです」

「何で？」

僕の声が聞こえたらしく、渚くんは整った顔をこちらに向けて、胸をそらした。

「大人が作った都合のいいセリフやキャラクターを文字で読む苦痛は、台本でもう十分味わっていますから」

　僕らが鼻白んでいる隙に、渚くんはバーカウンターに片手をつき、もう片方の手で栖川さんの後ろを指さした。そこには冷蔵庫や食器棚と並んで、木の本棚がある。本棚には様々なジャンルの本が並んでいた。どれも新品ではなく、非売品となっている。

「あそこにある『モモ』は、借りられないんですか？」

　栖川さんと槇乃さんが同時にびくりと肩を震わせた。やや遅れて和久さんが「ダメだ」と静かな声で言う。

「これは〈金曜堂〉の喫茶で休憩する間に読んでもらう本だ。悪いが持ち出せねぇな」

　和久さんと睨み合う形となった渚くんの頭をぽんと撫《な》でて、栖川さんがバーカウンターから出る。

「ちょっと待ってて」

　そのまま本当に「ちょっと」バックヤードへ行き、すぐに戻ってきた。手に本を抱えて。

「どうぞ」と栖川さんが差し出したのは、『モモ』の単行本だ。さっき楢岡さん達『かすてら』のメンバーが手にしていたものや、バーカウンターの後ろの木の本棚にしまわれているものと、同じ判型だった。

「これは？」

「僕の私物。貸すよ」

栖川さんの美声が、グラスに満ちるワインのようにしっとり響く。渚くんは瞳をかがやかせて本を受け取り、「ありがとう」とつぶやいた。

「お借りします」

本をていねいにリュックにしまい、ぺこりと頭を下げて店を出ていく渚くんの後ろ姿を見ながら、僕は思わずため息をつく。

「本なんか読みたくないって言われると、本屋としてはつらいですね」

「おぅおぅ、何いっぱしの読書家みてぇな口きいてんだコラ。ついこの間まで、『小説も漫画も読む資格がない』なんてトンチキな理由をつけて、読書から逃げ回ってたくせに」

和久さんが奥に引っ込んだ目で睨んでくるので、僕は肩を落とした。

たしかに、昨日今日本のおもしろさに目覚めたばかりの僕に言われたくないだろう。だけど、そんな僕だからこそ、食わず嫌いにも似た渚くんの反応に、もどかしさを感じるわけであって。

「ヤスくん、読書にいっぱしも半人前もないよ」

槇乃さんがとりなすように和久さんに言ってくれた後、僕に向き直る。

「逆に考えれば、渚くんはそれだけ本を特別なものだと思ってくれているんですよ。そういう子に、最終的に本を求めてもらうのが、書店員の腕の見せどころ」

言いながら腕まくりをする真似《まね》をして、槇乃さんは「なーんてね」とふんわり笑った。

*

　渚くんがふたたび〈金曜堂〉に現れたのは、次の金曜日のお昼すぎだった。

「おぅ、坊主。学校はどうした？」

　バーカウンターで本を読んでいた和久さんから、当然のように質問される。渚くんはうるさそうに眉をしかめ、「前乗りですよ」と短く答えた。

「誰だよ、マエノリって？　アイドルか？　芸人か？」

「あはははは。〈金曜堂〉のオーナーは、ユニークな方ですね」

　愛想笑いだと一発でわかる笑い方をあえてしてみせ、渚くんは真顔になる。

「ロケのため前日から現場に入ることを、前乗りと言います」

「あ、そっちの前乗りね。知ってたし」

　あからさまな負け惜しみを言いつつ、和久さんはまた本に目を落とした。渚くんは大きなリュックをおろさないまま、レジカウンターにいる僕の前までやって来て、口をひらく。

「栖川さんは？」

「買い出しがてら、南店長といっしょに配達中です」

〈金曜堂〉は駅の中の小さな本屋なので、配達業務は本来行わないことになっている。それでも、日頃よく店に来てくれる野原駅近辺の住人から頼まれた本や雑誌に限っていえば、「こちらの都合がつく時でもいいなら」という条件をのんでもらった上で、届けてあげることもあった。

「ふーん。二人でいっしょに、ですか」

渚くんは僕を試すように見ながら、ゆっくり言う。僕はずれた眼鏡を押し上げ、無理に笑ってみせた。

「仕事ですから。別に二人で散歩に出たわけじゃない。本は重いでしょう？　配達の時は、男手があった方が便利なんですよ、本当に。うん、絶対」

自分は何を必死になっているのだ？　と虚《むな》しくなる。僕は気を取り直して、エプロンのポケットから岩波少年文庫版の『モモ』を取り出した。

「僕もあの朗読会をきっかけに、読んでいるところなんです。渚くんは今どのへん？」

渚くんは僕が掲げた『モモ』をちらりとも見ないまま、淡々と答える。

「読み終わりました」

「最後まで？　もう？」

「はい。子供向けのやさしい文体だったので、撮影の待ち時間にさくさくと」

肩を落とした僕を、和久さんが遠くからけけけと笑い飛ばす。

「最近になってやっと読書の習慣がついた倉井と、ちっこい頃から台本を読んで考えて暗記することを習慣としてきた坊主とじゃ、勝負にならんだろ」

その時、店の自動ドアがひらき、エコバッグを両腕にさげた栖川さんと、山盛りのアスパラガスが入ったカゴを抱えた槇乃さんが戻ってきた。

「おぅ、たくさん買ったな」

「ほとんどが、もらい物なの」

槇乃さんがカゴを突き出して笑う。ぱあっと光が降ってくるような笑顔に、僕の下がりきっていた肩もふたたび上がった。

「アスパラ、おいしそうですね」

「パンもあるんです。〈クニット〉に『こどものとも』と絵本を何冊か配達したら、もらっちゃいました。クルミとスモークチーズのバゲットとイチジク入りのライ麦パン。新作だそうです」

ほら、と子供のように得意げに、槇乃さんは肩にさげたエコバッグから突き出たバゲットを見せてくれる。野原駅前のロータリーの向かいにあるベーカリー〈クニット〉を切り盛りする若夫婦は、忙しすぎてなかなか本屋に来る時間も取れないようで、僕ら書店員が休憩時間にパンを買いにいくと「いつでもいいので」とちょくちょく本や雑誌の配達を頼まれた。世の中、持ちつ持たれつなのだ。

「おお。すげぇうまそうだな。今夜の夜食が楽しみだぜ。なあ、栖川」

和久さんが栖川さんの背中を殴るように叩《たた》く。相当痛かったと思うのだが、栖川さんは涼しげな顔でうなずいた。慣れって怖い。

槇乃さんが荷物を置いてバックヤードへ去ると、ずっと黙っていた渚くんが、僕のエプロンをくいくいと引っ張る。

「夜食って？」

「ああ。今夜は棚卸《たなおろ》しといって、〈金曜堂〉にあるすべての本の数や品質を調べたり、在庫を確認したりする日なんだ。いつもよりだいぶ帰りが遅くなるから、栖川さんが夜食を作ってくれる」

渚くんは彼がお客様であることを忘れてうっかりタメ口になった僕を見つめて、何か考えていたが、やがて視線を栖川さんの方へ向けた。スキップのような足取りで彼の元へと駆けていく。

栖川さんはバーカウンターの向こう側にまわり、買ったりもらったりした生鮮食品を冷蔵庫にしまっていたが、渚くんの足音を聞きつけて、ゆっくり向き直った。

渚くんが大きなリュックをおろして、中から『モモ』を取り出すと、栖川さんの青い目がすっと細くなり、並びのよい白い歯が覗《のぞ》く。

「読んだ？」

「読みました」

渚くんの声には、話し相手が和久さんや僕の時とは明らかに違う素直な響きがある。感想を聞かない栖川さんと感想を言わない渚くんのせいで、しばらく間ができたが、渚くんがようやく切り出した。

「あの、僕、やっぱり『モモ』の単行本を買います。だから――」

ふたたび間ができる。バックヤードで作業していた槇乃さんが一瞬レジに顔を出し、売上スリップを取って、また戻ったのを確認してから、栖川さんが首をかしげた。

「うん？」

「新しく買った本を、あなたに返したらダメですか？」

「どういうことかな？」

栖川さんの美声はあくまで落ち着いている。一方、渚くんは耳まで真っ赤になっていた。

「あなたの本なら、手元に置いておいてもいいかなって」

「ごめん。それはできない」

栖川さんは淡々と言って、首を横に振った。

「えっ」と声をあげてしまったのは、僕だ。和久さんから舌打ちと共に睨まれた。栖川さんは依然として穏やかな顔つきのまま、渚くんと向き合っている。

「この『モモ』は、友達からもらった大事な本だから、誰にもあげることはできない。ごめん」

「友達――ですか？」

「うん」

渚くんの整った顔がゆがみ、視線がレジカウンターにいる僕の方へと流れてくる。いや、渚くんは僕を通り越し、レジの後ろにあるバックヤードのドアを見ていた。そして「友達ね」と低い声でうなる。

「大事な友達なんですか？」

「そうだね」

そこまでだった。渚くんは「わかりました」と、ていねいに礼をする。

「無理を言って、申しわけありませんでした」

顔を上げると、渚くんは小さな顔にきっちり収まる、愛らしい笑みを浮かべていた。

「失礼します」と言って、きびすを返す。そのまま、バーカウンターに栖川さんの『モモ』を置いて、大きなリュックを背負うと、店を出ていった。渚くんの仕草ひとつひとつは自然なのに鮮やかで、映画やドラマのワンシーンのように見えた。僕の胸は軋《きし》む。今、渚くんが感じているだろう痛みを、ありありと想像できたからだ。

「友達がいる」と自信を持って口に出せる人への羨望と、その「友達」が自分ではないことの悲しみ。僕自身が何度も経験して、そのたび忘れようとしてきた痛みだった。

和久さんが栖川さんを見て何か言いかけた時、バックヤードのドアがひらいて、変なお面をかぶった槇乃さんが顔を覗かせた。

「じゃーん！　ありましたよ、『モモ』！　何と単行本の初版が見つかりました」

両手に高々と本を掲げた槇乃さんは、そこではじめて店内の様子に気づいたのか、「あれ」とお面を取って、首をひねる。ゆるくウェーブした髪がふわりと揺らいだ。

「渚くんは？」

「帰りました」

「えっ。何で？『モモ』は？　絶対買いたくなって来たと思ったんですけど」

絶句している槇乃さんに、和久さんがため息をつく。

「変な面をかぶった店長が出てくる店では、買いたくねぇってよ」

「ヤスくん、失礼だな。これは、カメのお面です。カメの顔のアップですよ。『モモ』の癒やしキャラといえば、カメのカシオペイアじゃないですか。ちょっと作ってみたんですけど」

「カメというよりマメに見える」

栖川さんのいたってニュートラルな指摘に、僕と和久さんは顔をそらして噴き出し、槇乃さんだけが真面目《まじめ》な顔でうなずいた。

「そうなんだよね。私も作ってから、やっぱり甲羅も描いた方がよかったなあって」

たとえ甲羅が描いてあったとしても、この画力ではとてもカメには見えなかったように思うが、そんなことを言えるはずもない。

みんなが聞こえないふりして仕事に戻る中、槇乃さんは渚くんの出ていった店のドアを見つめて、「残念です」としょんぼりつぶやいた。


電車の発着のたびに、どっと現れる客の応対をしながら、平積《ひらづ》みにする本の並び替えをしていると、あっという間に野原高生達の下校ラッシュの時刻となる。テスト前でもない限り、部活動によって帰宅時間はまちまちなのだが、帰宅部勢の下校時が一番混んだ。この時ばかりはオーナーの和久さんもレジに立ったりして、何とかやり過ごす。今日は女の子達に人気のファッション誌の発売日だったので、同じ雑誌を持った女子高生達が、レジの前にずらりと並んで壮観だった。

ようやく一息つけると、和久さんはそそくさ営業活動（自称）に出てしまった。

僕がレジスターをあけてレシート用紙を交換していると、槇乃さんが隣で新しいレシート用紙を入れやすいように渡してくれる。深く考えずに「共同作業ですね」と言ってしまってから、何てことを口走っているのだ、僕は、とうつむいた。

槇乃さんの方は軽く聞き流したようで、気にした様子もない。僕の耳に口を寄せて、こそっとささやいた。

「渚くん、どうして帰ってしまったのですか？」

「あ、えーと、それは、あの……」

僕はバーカウンターの中で書店カバーを折っている栖川さんの横顔をちらりと見てから、天井に目をやる。別に神に助けを求めたわけではないが、実際のところ「すみません」と声がかかって、僕は救われる形になった。

「はい。〈金曜堂〉へようこそーっ！」

僕の横から槇乃さんが、ぶわっと風を起こす勢いで両手を広げて、挨拶をする。アルバイトの僕だっていまだに引くんだから、お客様がひるまないはずないのだが、その人は一瞬息をのんだだけで、何の反応も示さなかった。もっと他に気にかかることがあったからだ。

「ちょっとお尋ねしますが、こちらのお店に、小学生くらいの男の子が来ませんでしたか？　学年は六年生なんですけど、どちらかというと小柄で華奢《きやしや》な……」

僕と槇乃さんは顔を見合わせる。ショートカットの髪を耳にかけ、パンツスーツをきれいに着こなした、いかにもデキる社会人風のその客は、察しよく名刺を差し出した。

「申し遅れました。私、子役事務所『ソルトペッパー』でマネージャーをしている、板橋弓《ゆみ》です。弊社の所属タレントの所在がわからなくなったもので、今、探しております」

槇乃さんが恭しく名刺を受け取ると、板橋さんはすぐさまバッグから事務所のパンフレットを取り出し、ひらいてみせた。所属タレントの筆頭で、利発そうな笑顔を作っているのは、津森渚くんだ。

「渚くんだったら、さっきまで当店にいました」

槇乃さんが大きな目で板橋さんを見つめながらうなずき、「ですが」と首を横に振る。

「少し前に、帰ってしまったようです」

言葉を切って、今度はくるんとカールしたまつ毛を僕に向ける。僕がどう言えばいいか迷っている間に、バーカウンターから栖川さんが声をあげた。

「警察には？」

「私からの電話に出ないというだけの状態なので、まだ連絡していません。もう少し探してみてからの方がいいかと――」

栖川さんは切れ長の青い目をきらりと光らせ、断言する。

「まず警察に連絡した方がいい。それからご自身でも探すといい。何事もなく渚くんが見つかったら気まずいが、何かあって後悔するより、ずっといい」

板橋さんは、白粉《おしろい》がますます白く浮かぶような顔色になる。パンツスーツの上着の袖をぎゅっとたくし上げ、何度も小さくうなずいた。

「ご意見ごもっともです。まずは警察に行きます。近くに交番はありますか？」

「待ってください」と槇乃さんがのんびり声をあげた。

「野原町内のことなら、警察より先に、連絡してみるといい人物がいますよ」

全員の顔にクエスチョンマークが浮かび、槙乃さん一人だけ目をかがやかせて、モスグリーンのエプロンのポケットからスマホを取り出した。

「電波入れ。入れ」と祈りながら、操作している。ふだん、野原駅のホームや構内は電波状態が異常に悪いのだが、槙乃さんが耳につけたスマホからは、誰かの大きな声が漏れ聞こえてきた。その口調と勢いで、僕はすぐに相手の顔と名前がわかる。

「もしもし。ヤスくん？　うん。営業中なのは知ってる。でも緊急なのよ。あのね、町で渚くんを見かけなかった？　マネージャーさんが連絡取れないみたいなんだけど」

電話の向こうの和久さんが、何か言っている。機関銃のような喋りだ。槙乃さんは少し目を細めて「うんうん」と聞いていたが、やがてぱっと顔をかがやかせた。

「うん。そうしてね。では、よろしく」

電話を切った後、槙乃さんは大きく背伸びをして、一同を見回す。

「ヤスくん――あ、当店のオーナーなんですけど、彼が渚くんを見つけてくれました」

「え？　どうやって？」

板橋さんと僕の声がかぶる。槙乃さんは栖川さんにちらりと目をやり、にっこり笑った。

「ウチのオーナーの顔の広さと影響力をなめたらいけません」

十五分ほどで、渚くんは和久さんに伴われ、本当に戻ってきた。リュックの肩紐《かたひも》をぎゅっと握りしめ、整った顔が強《こわ》ばっていたのは、おそらく気まずさと恥ずかしさからだろう。

そんな渚くんに代わって、和久さんが喋りだす。

「今晩泊まるホテルに、一人でチェックインしようとしていたらしい。見るからに小学生だったんで、一悶着《ひともんちゃく》があってよ。巡り巡って、俺のところに連絡がきてたってわけ」

ホテルでの悶着が、本屋のオーナーに報告される理由が全然わからない。和久さんのお父さんやお祖父《じい》さんがやっている家業、和久興業がらみのコネクションだろうか。

「渚、どうして電話に出てくれなかったの」

ほっとした顔になって、板橋さんが尋ねる。今までのビジネスライクな口調から一転して、身内に対するようなくだけた調子があった。

「僕の携帯、充電切れちゃって。公衆電話を探して、弓さんの携帯にかけたんだけど」

「えっ」

板橋さんはあわててスマホを取り出す。そして首をすくめるようにして、僕らに頭を下げた。

「すみません……たしかに公衆電話からの着信がありました」

「警察に行く前に見つかって、よかったですね」

「警察？　やめてよ。おおげさだな」

ぎょっとしたように目をむく渚くんに、槙乃さんは「そうですね」と涼しげにうなずく。

「でも栖川くんが心配していたんです、とても」

渚くんの顔がぱっと明るくなり、栖川さんに向く。栖川さんは真顔のままコクコクとうなずいた。

すると、渚くんは急にあらたまって、槇乃さんに向き直る。

「お願いがあります。僕、今夜、このお店で過ごしてはいけませんか？」

「何言ってるの？」と最初に声を張ったのは、板橋さんだ。

「学校から職業体験の宿題が出ているんだ。クラスメイトはゴールデンウィーク前の授業で、近所のスーパーやお店に体験に行ったけど、僕は学校を休んでいたから」

休んだ理由は、やはり「お仕事」だろう。板橋さんの顔が苦しそうにゆがんだ。

「だけどね、そんなことを急に言われても、お店の方が——」

「お願いします。棚卸しのお手伝いをさせてください」

渚くんは板橋さんの言葉をさえぎって、槇乃さんに頭を下げた。

「おい、坊主。なんでウチが今夜棚卸しだって知ってんだコラ」

「あの人に聞きました」

渚くんが頭を下げたまま、細い指でまっすぐ僕を指す。和久さんが奥に引っこんだ目を飛び出させるようにひらいて睨むので、僕は眼鏡のつるを持ち、そっと書棚に向き直って本の整理をはじめた。背中越しに、槇乃さんの声が聞こえてくる。

「いいですよ」

「いいんですか？」

「いいのかよ？」

板橋さんと和久さんの声が重なった。僕が振り向き、栖川さんは青い目をしばたたき、渚くんは顔を上げる。槇乃さんはにこにこ笑ったまま一同を見回し、うなずいた。

「問題ありません。金曜日の夜はお客様もそう多くないですし、棚卸しは人手が増えれば嬉《うれ》しいかぎりです。作業の途中で眠くなったら、書店員用の宿泊設備もありますしね」

槇乃さんのまさかの快諾に、板橋さんも許さざるをえなくなったようだ。

「では明日の朝、迎えにきます。撮影、すごく朝早くからだよ。響かない程度にね」と渚くんに念押ししながら、一人でホテルに帰っていった。

入れ違いに下り電車を降りてきたお客様達が跨線橋を通って〈金曜堂〉に入ってくる。

「〈金曜堂〉へ――」

「いらっしゃいませ」

槇乃さんの満を持しての「ようこそ」の挨拶は、渚くんのすがすがしいソプラノボイスに掻《か》き消された。

女の子のように華奢な美少年に挨拶されて、お客様達も顔をかがやかせている。和久さんがすかさず忍び寄ると、なれなれしく渚くんの肩を抱き、職業体験中の小学生だと紹介した。

「だからよ、今日はこの少年に、書店員のよろこびを教えてやってくれ。つまり、本でも雑誌でも、一冊でも多く買って帰れや。な？」

無茶苦茶な脅しだが、和久さんの迫力と渚くんのかわいさで判断能力を失ったのか、いつもよりたくさんのお客様が、レジに並んでくれたのだった。

「すごいですね、渚くんの集客効果」

「はい。より効果を出すために、招き猫のかぶり物でも作ってあげようかな」

「やめてあげてください。猫だか狸《たぬき》だかわからないかぶり物なんか押しつけたら、書店員の仕事がトラウマになる」

僕の言葉に、槇乃さんは「そうでしょうか」と不満げに頬をふくらませて腕を組んだ。

＊

臨時列車のダイヤの関係から、この金曜日は上りも下りも午後八時過ぎには終電が出てしまった。乗客がいなくなり、ホームの明かりが落ちたので、〈金曜堂〉もいつもの営業時間より早めに店をしめる。

短時間にもかかわらず招き猫として立派な成果をあげただけでなく、接客やブックカバーの付け方のコツまで会得した渚くんを、和久さんは猫なで声でアルバイトに誘い、槇乃さんからやんわり注意されていた。

渚くんは、バーカウンターの中でアスパラに包丁を入れはじめた栖川さんに目が釘付《くぎづ》けになっている。栖川さんがその視線に気づいて、目を上げた。

「夜食を作るよ。できたら呼ぶから、職業体験のつづきをがんばれ」

渚くんは小さな鼻をふくらませ、「はい」と素直な返事をした。そのまま僕のそばに走ってくる。

「何をやればいいですか？」

「えっと——何やりましょうか、南店長？」

僕の情けない質問のパスに、槇乃さんはハンディターミナルという、バーコードの読み取り機械を渡してくれた。

「渚くんと倉井くん、二人一組で棚卸し作業に入りましょうか。私はレジ締めが終わったら、合流します」

「俺は大事な商用電話が終わったら、合流してやる」

誰にも聞かれていないのに、和久さんがスマホを振り回しながら宣言すると、そのまま店を出ていった。電波を拾いやすい改札口付近に移動したのだろう。

「頼みますね、倉井くん」

槇乃さんにそう言われると、背筋が伸びる。アルバイトをはじめてやっと二ヶ月の僕に、一夜限りの後輩ができたのだ。

僕は少し胸をそらしてレジカウンターに入ると、バックヤードへのドアをあけた。

「じゃあ、行こうか」

「どこへ？」

「書庫だよ。この店の在庫のほとんどは、地下に眠っているんだ」

渚くんが〈金曜堂〉の地下書庫を見てどんな反応を示すか、僕はわくわくする。

ところが、バックヤードの床についた把手《とって》を引いて、地下書庫への小さな入口が現れた時も、真っ暗な階段が断続的につづく通路を、懐中電灯で照らしながら通っている最中も、奈落につづくような長い階段をおりて、地下ホームにずらりと並んだ本棚を見た時ですら、渚くんはその形のいい眉一つ、動かさなかった。

「なるほど」

それが、唯一発した言葉だ。

「いやいや、納得しないでよ。もうちょっと他に感想ない？　驚かないの？」

「このホームは地下鉄の？」

「そう。ただし、一度は計画されながら戦争で実現しなかった、幻の地下鉄だよ。何十年かぶりに〈金曜堂〉のオーナーが改築して、書庫としてととのえたんだ。ね、すごくない？」

勢い込んで説明する僕をちょっと迷惑そうに見て、渚くんは「すごいですね」と棒読みで言った。そして、僕の持つハンディターミナルを指す。

「それより、早く作業しませんか？　時間がもったいない」

「あ、う、うん。そうだね」

どちらが後輩か、わからなくなってきた。僕はあわててハンディターミナルを本にかざし、バーコードを読み取っていく。地下書庫にはバーコードのついていない昔の本も結構あるので、それは渚くんに部門コードと金額を読み上げてもらって、手打ちした。

渚くんは長いまつ毛を伏せて、黙々と作業をつづける。今までやった他の作業と同じく、ハンディターミナルの操作や手順もすぐに覚えてくれたので、途中からはバーコードの読み取りを、渚くんにまかせてみた。

ようやく一つ目の書棚の中の本をすべて確認しおえて、僕らは同時に天井を見上げる。

「疲れたね」

「はい。さすがに」

僕はエプロンのポケットを探って、ミントタブレットを取り出した。渚くんに差し出すと、両手でていねいに受け取って、口に入れる。

「がんばろうな。もうじき南店長も応援に来てくれるし」

僕の言葉にうなずき、渚くんは「あの店長が」と独り言のように言う。

「栖川さんの『大事な友達』なんですよね」

「え？」

「恋人同士なんですよね、あの二人は？」

「ええっ」

「だってお似合いじゃないですか、何となく」

渚くんの大胆な憶測に、僕はたじろいだまま首をかしげた。

「ど、どうかなあ？　たしかに南店長と栖川さん、それにオーナーの和久さんは高校の同級生だよ。〈金曜日の読書会〉という同好会の仲間だったんだって。だから、『友達』ではあると思うよ。卒業してからもいっしょに働いちゃうくらい、仲はいいはず。でも、恋人では——」

渚くんに言われてみればなるほど、槇乃さんと栖川さんが並んだ姿は、額に入れたくなるくらい絵になる。ただ、僕がアルバイトをはじめてから今まで、二人の間に男女の醸す甘い空気が流れていたことは——あくまで僕の主観だけど、いや、願望かもしれないけど——なかった気がする。

僕はふと、以前この地下書庫で槇乃さんが見せた涙を思い出した。〈金曜堂〉で仕事している時の槇乃さんからは想像できない、哀しみがたくさん詰まった、透明な涙だった。

いったい誰との間に、どんな経験をしたんだろう？　そう考えただけで、僕は槇乃さんとの間に圧倒的な距離を感じてひるみ、また、落ち込んだものだ。

「南店長の心には、栖川さんとは別の人が住んでいる気がするよ」

僕の言い方があまりに暗かったせいか、渚くんが怪訝《けげん》そうに振り仰ぐ。賢くて察しのいい渚くんのことだから、きっと何か読み取ったのだろうけど、何も言わなかった。そのあたり、大人社会で生きている子供の処世術を感じる。

「じゃ、つづきをやりましょう」

渚くんはそう言って、ハンディターミナルを掲げた。

作業をつづけ、海外文学の棚に来る。渚くんが一冊の本を手に取った。ミヒャエル・エンデの『モモ』だ。岩波少年文庫版だから、渚くんの華奢な手にもすっぽりおさまっている。バーコードを読み取りながら、渚くんは長いまつ毛を伏せてつぶやいた。

「栖川さんって、モモみたいですよね」

とっさに返事ができない。僕は読書中、そんなことを一度も思わなかったからだ。

だけど、それは単純にモモと栖川さんの外見が違いすぎるからってだけの、単純な見方かもしれない。たしかモモは、《小さな円形劇場の廃墟《はいきょ》》に住みついた、《背がひくく、かなりやせっぽちで、まだ八つぐらいなのか、それとももう十二ぐらいになるのか、けんとうも》つかず、《生まれてこのかた一度もくしをとおしたことも、はさみを入れたこともなさそうな、くしゃくしゃにもつれたまっ黒なまき毛》をして《目は大きくて、すばらしくうつくしく、やはりまっ黒》、足もはだしで歩くからまっ黒な、浮浪者の女の子だ。

「どのへんが？」

僕の質問に、渚くんは小さな鼻をこすって、天井に張り巡らされたダクトを見上げる。

「モモも栖川さんも話しやすい。ていうか、話しに行きたくなります」

「ん、まあ、たしかに。栖川さんは、たいてい誰かの話の聞き役をしてるよね」

「でしょう？　だから、いつだって友達に囲まれている」

友達と職場の同僚がイコールで結ばれている以上、否応《いやおう》なくそうなってしまうよなと思いつつ、僕は黙ってうなずいた。

「僕とは正反対の場所にいる人だなって、思います」

細いため息を漏らすと、渚くんは手の中の『モモ』をそっとめくった。

「僕は灰色の男だから。モモとはけっして友達になれない」

灰色の男というのは、『モモ』に出てくる時間どろぼうのことだ。

「《彼らはすがたが見えないというわけではありません。ちゃんと見えるのです――ところがだれも彼らに気がつかないのです。彼らは気味のわるいことに、人目をひかない方法をこころえているため、人びとは彼らを見すごしてしまうか、見てもすぐにわすれてしまうかです。》」

　渚くんの澄んだソプラノで朗読された文章は、言いようもなくさびしげに響いた。

「渚くんのどこが――」

　灰色の男なんだよ、という僕の軽口を遮って、渚くんは口をひらく。僕を見上げる目はころんとまん丸で、黒目の割合が大きく、絵になる子供らしさだった。

「僕を見ると、みんなは『テレビに出ている子だ』って言います。それ以上でもそれ以下でもない。僕のことは見えていない」

「本当の自分を、わかってもらえないってこと？」

「はい。でも、別にかまいません。僕には主張すべき中身なんてないですから」

　僕はぎょっとして、渚くんを見つめてしまう。渚くんは表情を変えずにつづけた。

「僕は空っぽなんです。空っぽだから、仕事では台本にある役を、ふだんは『テレビに出ている津森渚』を演じています。ひょっとしたら、もうそれが僕自身なのかもしれません」

「いや、でも、小学校の友達とかの前では？　友達には本当の自分が――」

「僕に友達はいません」

　僕の言葉は言下に否定された。

「学校にいる間は、クラスメイトに話と行動を合わせますけど、誰の何の話もおもしろかったためしがありません。彼らのジョークも嫌がらせもくだらなくて憎めませんが、興味は持てません。たまたまクラスが同じだっただけの人達を、友達とは呼べないでしょう？」

僕は自分の小学校や中学校時代を思い出して、「たしかに」とうっかり本音が出てしまう。渚くんの賢そうな瞳がきらりと光るのを見て、あわてて取り繕った。

「で、でも、渚くんには学校以外の場所があるだろう？　撮影現場とか。子役やスタッフの中に、仲間と呼べる友達がいるんじゃない？」

渚くんはほうとかわいく息をつき、小さな鼻をつんと上に向けた。

「仲間？　あなた、バカですか？」

「ひどいな」

「子役は基本的にライバルです。スタッフは大人で、時間に追われ――」

渚くんは言葉を切って、また『モモ』のページをめくる。

「《おとなは、子どもたちがいやになったんだ。でも、おとなじしんのこともいやになってる。なにもかもいやになってる。》」

まさにこんな感じですよ」

「ご両親は？」

「僕の両親ですか？　高級リサイクルショップ『ツモリ』って店を経営しています。一応テレビCMなんかも流して、全国展開しているんですけど」

「あ、知ってる」

僕はすばやく眼鏡のブリッジを押し上げた。たしか、金ピカの招き猫がダンスしながら「いらなくなったブランド品、ツモリにカムカムニャーオ」と叫ぶＣＭだ。

「全国規模の会社経営は、大変だろうね」

僕はいたく共感して、うなずいた。僕の父さんも全国規模の大型書店〈知海書房〉の社長をしているからだ。その忙しさを身近でずっと見てきた。大好きな本に囲まれてにこにこ上機嫌に働きつづけた父さんだが、今は大病に倒れて入院中だ。病気がすべて仕事のせいとは言い切れないが、あそこまで多忙でなければ、もう少し早期に発見できただろう。

僕が何となく暗くなってしまったことには気づかず、渚くんは話しつづけた。

「両親は毎日お金儲《もう》けのために忙しく、でも楽しそうに働いています。『モモ』の中で、灰色の男たちに時間を盗まれた大人達とよく似てます。そんな大人にとって、我が子はお金儲けの時間を奪う、厄介な相手でしかないですよね」

「そんな――」

「慰めは結構です。だからといって、あの人達が僕を嫌っているわけじゃない。あの人達なりに、懸命に育ててくれているんです。それはわかっていますから。あの人達は自分達にも僕にも都合のいい方法を、一生懸命考えました。そして『習い事』という、一石二鳥の手を思いついたんです。なるべく長時間、親の手を煩わせず、できれば親以外の大人が保護してくれるような、習い事がないものかと探したみたいです」

「それで、子役を？」

「はい。だから僕は、最初から一人でレッスンに通いましたし、お仕事をいただけるようになってからはずっと、マネージャーの弓さんが保護者代わりです」

僕は渚くんの持っている『モモ』に目をやる。たしか、その中の子供達は自分達のことを《見はなされた子どもだ》と感じていたはずだ。物わかりがよすぎる渚くんは、どうなんだろう？　本当に言葉通り、割り切れているのだろうか？

「灰色の男は、モモがまぶしいんです。本当は、あんなふうに生きたいって憧れてる。でもモモを追いかけても、追いかけても、追いつけないんだ、永遠に」

渚くんはあえぐように言うと、僕の視線をよけて、すっと目を伏せた。かわいらしい顔立ちだが、その肌の白さには体温が感じられない。

「何だか……疲れちゃいましたね、棚卸し」

そう言って口元に薄くしわを寄せて笑う渚くんより、十年近くも長く生きている僕だけど、恥ずかしながら渚くんほど冷静に、自分の立ち位置を考えたことがない。だから今、渚くんに何を言ってあげたらいいのか、わからなかった。情けない話だ、本当に。

「夜食ができましたよ」

背後で声がして、僕と渚くんは同時に顔を上げる。そこには、大きな懐中電灯を機関銃のように抱えて立つ、槇乃さんの姿があった。

「いつから、そこに？」

渚くんが気まずそうに顔をそむけて尋ねると、「ついさっきから」と漠然とした答えが返ってくる。

槇乃さんから見れば、僕らの棚卸し作業の進みが遅いことは明らかだっただろう。けれど何も言わず、一番星を見つけたように晴れ晴れとした顔で、階段を指さした。

「上に行きましょう。アスパラのスープを、みんなで食べるんです」

槇乃さんは懐中電灯で足元を照らし、さっさと階段をのぼりはじめる。僕と渚くんも手に持った本のバーコードだけ読み取ると、先を争うように地上に引き返した。

＊

栖川さんの作った夜食には、地元の人達からもらってきた食材がふんだんに使われていた。山盛りのアスパラガスは、じゃがいも、キャベツ、タマネギ、それにベーコンを加えて具だくさんのスープに仕上がっている。真冬でなくても、スープはしみる。喉からあたたかい栄養が落ちていく感触に、疲れも吹き飛んだ。

「よりどりみどりですよ」

槇乃さんがそう言って見せてくれた籐《とう》カゴには、〈クニット〉のクルミとスモークチーズのバゲット、イチジク入りのライ麦パン、さらにはカメの形をしたフランスパンものっていた。

「カメパン……」

「さっき、〈クニット〉の閉店間際にわざわざ買いに行ったんだ。俺がパシらされた」

和久さんが鼻を鳴らして不満げに言うと、栖川さんが青い目を細めて渚くんを見つめた。白熱灯の光のもと、青の色合いが刻々と濃さを変える不思議な瞳だ。

「これって、カシオペイア？」

渚くんがおずおず尋ねる。『モモ』に出てくる《すこしさきの未来を見とお》せ、《時間の圏外で生きている》カメの名前だ。栖川さんの目はさらに細くなって、うっすら微笑《ほほえ》みのようなものが浮かんだ。どうやらそのつもりで用意したらしい。栖川さんと意思の通じた渚くんは、嬉しそうにカメの形をしたフランスパンに手を伸ばす。

「いただきます」

僕ら書店員も、渚くんに倣《なら》ってカメパンを分け合った。

カメパンが跡形もなくなり、具だくさんスープの入ったストウブの鍋も底が見えはじめた頃、槇乃さんが「私が洗い物やります」とスツールから立ち上がった。

「栖川くん、代わって」

そう言って、栖川さんをカウンターのこちら側に押し出す。栖川さんは僕らといっしょに食事する時ですら、バーカウンターの中にスツールを持ち込んで済ましていた。きっとそこが自分の城と呼ぶべき、一番落ち着く空間なのだろう。城を追われた栖川さんは困惑気味だったが、余計なことは言わずに、槙乃さんが座っていたスツールに腰掛けた。

槙乃さんはいきおいよくシンクの蛇口をひねりながら、口をひらく。

「栖川くん、〈金曜日の読書会〉で自分が最初に紹介した本を覚えてる？」

「『モモ』だけど」と栖川さんは間髪を容《い》れず答えた。

「あれ？ 開高健《かいこうたけし》の『オーパ！』じゃなかったか？」

「最初は、『モモ』だ」

和久さんの言葉にかぶりを振って、栖川さんは繰り返す。青い目がきらりと光り、槙乃さんと渚くんに、交互に視線を飛ばした。その顔には、珍しくはっきりと緊張の色が出ている。

栖川さんとは目を合わせないまま、槙乃さんはスポンジから泡を飛ばして言った。

「あの時、私達にしてくれた『モモ』をめぐる話、渚くんにも教えてあげてよ」

「……だが」

「いいから」

槙乃さんの皿を洗う手が止まる。何かをたしかめるようにゆっくり皿を眺め、「うん」

とうなずいて笑う。

「私は大丈夫だから、話してよ」

栖川さんはそれでもまだ戸惑いを隠せず、和久さんに目をやる。和久さんは難しい顔で肩をすくめ、「話せよ、栖川」と顎をしゃくった。

栖川さんはやっと僕らに視線を戻してくれる。そして渚くんの顔を覗きこむと、耳に心地よい美声で話しはじめた。

「僕は小学生の頃、友達がいなかった」

「え」

僕と渚くんは同時に叫んで、顔を上げる。ついでに目が合い、あわててそらした。

栖川さんは特に気にした様子もなく、話をつづける。

「無口だったから。今よりもっと喋らなかった、誰とも」

「喋らずに生活できるやつって、すげえよな」

和久さんがうっかり口を挟み、槙乃さんから咳払《せきばら》いで窘《たしな》められる。たしかに和久さんは、喋らずにはいられないタイプの人だろう。

「あと、中学受験の勉強に追われて遊ぶ暇もなかった。難関と言われる国立大の付属中に入りたいと思っていた。今となっては、僕が思っていたのか、親が思っていたのか、わからないけど」

栖川さんはまるで他人事《ひとごと》のように首をかしげた。

「頭が悪かったのか、要領が悪かったのか、その両方か、僕の成績は高学年になるにつれ伸び悩み、何とかしたいとますます勉強に励んだら、ある日、僕はおかしくなっていた」

「おかしく？」

渚くんの不安そうな問いに、栖川さんはうなずく。

「とつぜん記憶が途切れたり、汗や涙が止まらなくなったり、胸が圧迫されて動けなくなったりと、体の制御が利かなくなった。もともと少なかった喜怒哀楽の波も、どんどん一本線になっていった。怖かったよ、さすがに」

「そうなる前に、勉強をやめられなかったんですか？」

渚くんがつらそうに顔をゆがめたが、栖川さんは相変わらず淡々としていた。

「勉強をやめる？　考えもしなかったな。それしか僕にはないと思い込んでいたから。受験をしなかったり、志望校を落ちたりしたら、その時点で自分がシュッと消えてなくなってしまう気がしていた」

「シュッ」のところで、栖川さんは自分の前に持ってきた手を握ってみせる。僕は眼鏡の縁を持って息をのみ、渚くんはぽかんと小さな口をあけた。その目はまん丸にみひらかれている。気持ちはわかる。目の前のモモが、かつて灰色の男だったと知ったのだから。自分と同じ側の人間だったとわかったのだから。

栖川さんにかすかに微笑まれ、渚くんの耳が赤くなる。あわててうつむき、皿に残っていたイチジク入りのライ麦パンを、子リスのように両手で持って齧《かじ》った。そして頬をふくらませながら、バーカウンターの隅に置かれたままになっていた栖川さんの『モモ』に目をやる。

「でも……あれは『友達からもらった大事な本だから』って栖川さん、言いましたよね？いるんですよね、友達？」

栖川さんは、目を伏せて洗い物をつづける槇乃さんをちらりと見る。そして、自分の前の空いた皿をカウンター越しに何枚か手渡しながら、ゆっくり口をひらいた。

「家が近所のやつだった」

「幼馴染《おさななじ》み？」

僕の問いに、栖川さんは首を振る。

「幼い頃からご近所さんだったことはたしかだが、馴染んじゃいない。そいつは大病をして、幼稚園にも小学校にも通わず、ずっと入院していたから、遊んだことはもちろん、喋ったことも、顔を合わせた記憶すらなかった」

その子が長きにわたる治療を終えて、小学六年生の秋にクラスに戻ってきたらしい。

「大学病院の院内学級で勉強していたとはいえ、やはり病気と闘いながらの学習には限界がある。うちのクラスに来た時、六年生の授業についていける状態ではなかったみたいだ」

　当時の僕は全然気づいてやれなかったけど、と栖川さんは噛みしめるように付け足した。

「でも、そいつはとても人懐こいやつで、すぐにクラスに溶け込んだ。友達もたくさんできたと思う。先生にもかわいがられて、放課後や週末に一人で受ける特別補習をひらいてもらっていた。だから勉強もすぐに追いついた。もともとの頭は悪くないんだ」

　喋り方こそたどたどしいが、栖川さんの表情や声に、今までになかった色が出ていた。友達への思いが、いつも無口で冷静な栖川さんを色づけているのだろう。

「一方で、こわれた僕は何がきっかけなのか、きっかけが本当にあったのか、もはや覚えていないのだが、ある日突然、教室でキレた。机を投げて、椅子を蹴飛ばし、窓ガラスを破って、吠《ほ》えた。クラスメイトは怯《おび》えて、担任は顔を引きつらせた。無理もない。クラスの中で存在を忘れられ、放置されていた生徒だ。僕がどういう人間なのか、知る者は誰もいなかった。僕自身も知らなかった」

「それで、栖川さんはどうなったんですか？」

「別のクラスからやって来た男性教師三人がかりで、取り押さえられた」

　栖川さんはすがすがしく言うと、微笑みすらした。

「呼び出された母親と入れ違いに、僕はそのまま家に帰って、誰もいない家でふとんをかぶった。ふとんの中の静けさと暗さとあたたかさに、すごくほっとしたのを覚えている。

このままずっと寝ていよう。小学校も、受験も、中学も、その先の未来も全部パスして、死ぬまで寝ていよう。早く心臓が止まればいい。そんなことばかり考えていた」

　小学生の栖川さんが感じた底なしの絶望が目の前に広がり、僕は息が詰まる。けれど渚くんの表情には、最初の驚きから転じて、別の感情が滲《にじ》んでいた。有り体《てい》に言えば、親近感だろうか。その絶望は、渚くんにはなじみ深いものなのかもしれない。僕はあたたかそうなふとんの中に潜り込む渚くんを、少し想像してしまった。

「そのまま学校も塾もずるずる休み、あっという間に一週間が経《た》って、二度とふとんから出られない予感が確信に変わる頃、突然僕を訪ねてきたのが、あいつだ」

「友達？」

　渚くんの問いに、栖川さんは「そう」とうなずく。

「ジンは、僕のはじめての友達。放課後、家が近所だからって突然やって来て、僕に『モモ』を手渡してくれた。ケースに入った、ぴかぴかのハードカバーの本だった」

　――僕の一番好きな本、読んでみてよ。

　ジンくんはそう言ったそうだ。僕は見知らぬジンくんの姿を思い浮かべながら、カウンターの上の『モモ』を見る。物心ついた時から病院のベッドにいて、そこから天井や窓の外の空を見上げて育ってきた子供が、何を夢見て、何を思ってきたのか、うまく想像できない。だけど、『モモ』のページをひらいて、文字を追って描いた世界は、たぶん僕らと同じだろう。本の中に潜り込んでいる間は、どんな人にも等しい自由があるのだから。その自由を、ジンくんは栖川さんにも味わってほしかったのかもしれない。

「すぐ読みました？」

渚くんが尋ねると、栖川さんは「うん」とうなずいて言った。

「その本に興味があったというより、長い間学校に来られず、やっと来たと思ったら、次の日にはみんなと友達になっているようなジン自身に、興味があったのだと思う。『モモ』を読んで、少しでもジンのことを知ろうとした」

「わかりましたか？」

「ジンのこと？　いや、全部は無理だ。けど、ジンのまとう風というか雰囲気みたいなものの骨組みはわかった気がした。僕にとって、ジンはモモみたいな人だった」

渚くんの肩がぶるっと震えるのが見えた。喘《あえ》ぐように息をつき、渚くんは栖川さんを見つめる。

「その人と話していると、だんだん自分の心が見つかるような気持ちになりましたか？」

「そう。それ。まさにそんな感じだった」

栖川さんは青い目を細めて、渚くんに何度もうなずき、宙を見た。

「最初は一日で読み終えた。その後、三日かけてもう一度、最初から最後までゆっくり読んだ。そのあくる日、僕はふとんから出て、学校に行った。ジンに『モモ』を返すために」

　ジンくんはにこにこ笑いながら本を指して、「気に入ったか？」と聞いたそうだ。栖川さんがうなずくと、そのままプレゼントしてくれたという。

「自分の『モモ』はちゃんと本棚にあると言ってたな。ジンは地元の本屋の息子だったんだ。僕のためにわざわざ買ってきてくれたらしい。道理で真新しい本だと思ったよ」

　素直に礼を言って『モモ』を大事そうに抱えた栖川さんを、ジンくんは遊びに誘った。その頃にはみんなの輪の中心になっていたジンくんのおかげで、栖川さんもクラスの中に――今までよりは――溶け込めたらしい。

「少しは他人に興味を持って、喋るようになった、当社比だけど」とは、栖川さんの弁だ。

　最後まで残っていた渚くんの皿も空っぽになったので、僕がみんなの食器をさげた。バーカウンターの中で、いつしか手を止めて栖川さんの話を聞いていた槇乃さんの前に、食器が積み上がる。

「南店長、手伝いますよ。ここにあがっているやつ、拭いちゃいますね」

「ありがとう」

　僕に声をかけられ、槇乃さんはあわてたようにお湯を勢いよく出した。

「それから、友達とは？」

　カウンターの向こう側で、渚くんは頬杖《ほおづえ》をついて聞く。今にもまぶたが閉じそうな、とろんとした目をしていた。慣れない場所に来て、慣れない作業をすれば、眠くなって当然だ。

「渚くんは、明日早くから撮影なんだろう？　そろそろ寝るといい」

栖川さんが静かに言う。けれど、渚くんはとろんとしたまま、無心に返事をせがんだ。

「友達とは、今もずっと仲良しですか？」

「仲良しだぜ。決まってんだろコラ」

和久さんが横から割って入り、豪快な笑いを漏らした。

僕は、ずれた眼鏡をかけ直す。

「え。和久さんも、栖川さんの友達を知っているんですか？」

「おぅ。ジンだろ？　よぉく知ってんよ。〈金曜日の読書会〉のメンバーだったんだから。同好会仲間ってやつだ」

僕は青いふきんをぎゅっと握る。胸の中を冷たい風が吹き、心がざわざわした。隣で皿を洗う槙乃さんの横顔を盗み見ながら、さりげなく聞いてみる。

「じゃあ、南店長もご存知なんですね」

ザーッとお湯が流れつづける。槙乃さんはスポンジを持つ手を止めないまま、こくりとうなずいた。僕は喉がからからになっていることを自覚しつつ、喉の奥で声を絞り出す。

「今、ジンく――さんは」

どこにいるんですか？　チャンドラーの『長いお別れ』を読んで、最後のマーロウの選択を「厳しい」と思った人って、ジンさんではないですか？　槙乃さん、いつも笑っているあなたを泣かせた人は、ジンさんではないのですか？

たてつづけに湧き上がってきた僕の質問は、すべて保留になった。渚くんがとうとう寝入って、カウンタースツールからずり落ちそうになったからだ。

あわてて横から支えた栖川さんが体勢を崩してつんのめり、スツールが床に転がり、和久さんのお酒がこぼれて、和久さんが吠え、と結構な騒ぎになってしまったが、渚くんはすやすやと眠りつづけた。その眉間に憂いは残っておらず、額は平らかで、まさに天使のような寝顔だ。本当に渚くんはどの瞬間も、どこから見ても、絵になる子供で、子役という仕事に呼び寄せられてしまったのも、わかる気がした。

＊

栖川さんに抱き上げられ、テーブル席のソファに寝かされた渚くんは、そのまま眠りつづけ、翌朝早く、星の王子さまのような、ぱりっとした笑顔で起きてきた。

「仕事の途中で寝てしまって、すみません」

足を揃《そろ》え、しっかり腰から曲げて謝る姿は板に付いている。

「気にしないでください。十分助かりましたよ」

カウンタースツールに座っていた槇乃さんが、振り返って微笑む。大人の余裕を感じさせたいのだろうけど、その頬にはタオルケットの跡がくっきり残っていた。夜食の時に話し込んだせいで、棚卸しが後ろにずれこみ、夜明けまでかかったのだ。書店員はめいめい地下書庫の簡易ベッドや喫茶スペースやバックヤードで仮眠を取り、槇乃さんもさっき起き出してきたばかりだった。

僕の頭の中には、まだ昨夜の質問が漂っていたが、とても蒸し返せる雰囲気ではない。

誰よりも早く起きたらしい——ひょっとすると寝ていないのかもしれない——栖川さんはカウンターの向こうで、蝶ネクタイをきっちり締めてコーヒーを淹《い》れていた。

「撮影場所は近いのか?」

「はい。みなさんの母校のグラウンドです。運動会のシーンを撮ります」

「マジかよコラ。野原高がテレビに映るのか! テレビジョンに!」

カウンターの脇で寝袋にくるまって転がっていた和久さんが、むくりと起き上がる。奥に引っ込んだ目がらんらんとかがやいていた。

「……朝六時から始まります。よかったら、見学に来ますか?」

栖川さんが作ってくれた卵サンドを行儀よく齧りながら、渚くんが尋ねる。和久さんは声もあげずに、ぶんぶんと頭を上下に振った。そして、僕ら書店員に視線を巡らす。

「おまえらも行くだろ？　こんなチャンス滅多にねぇぞコラ」

「何のチャンスにしようとしているんですか？」

「うるせぇ、坊っちゃんバイト！　おまえの実家のある麻布《あざぶ》だか広尾だかとは違うんだよ、ここは。ロケとかテレビジョンとか芸能人とか、ファンタジーな一大事なんだよ。なあ？」

栖川さんと槙乃さんに同意を求めたが、あいにく二人は首をかしげている。和久さんはとたんに懇願口調になった。

「行こうぜ。開店前に帰ってくりゃいいじゃねぇか」

「僕、野次馬になる時間があったら、もう少し寝て――」

「しばくぞ、坊っちゃんバイト！　従業員の中で一番若いくせに。気合い入れろコラ」

僕と和久さんのやりとりを横目に、コーヒーを飲んでいた槙乃さんだが、コーヒーカップをソーサーに戻し、渚くんを見てにっこり笑った。

「うん。決めました。〈金曜堂〉一同、見学に行かせていただきます」

野原高校は野原駅の改札を出て、国道とは反対側に位置する山へ向かう道の途中にあった。坂道が少し大変だけど、片道二十五分で歩けない距離ではない。駅前のロータリーから循環バスも出ているし、駅近くの駐輪場を借りて自転車通学の者もいる。

その日の僕らは、ホテルから迎えに来た板橋さんがチャーターしてくれたワンボックス型のタクシーにみんなで乗り込み、山の坂道を一気に駆け上がった。

同乗した他の人達はドラマの撮影という非日常に心を持っていかれていたようだが、僕はどちらかというと、槇乃さんの母校を見られることに重きを置いてしまう。

はたして現れた校舎は、上下左右に少しずつずれた地上七階建ての幅広なビルだった。山を背負った田園風景の中にいきなり要塞がそびえ立っているような、唐突な眺めだ。

「なんか……斬新ですね」

「ね。私達の時代は『野原九龍城《クーロン》』って呼んでいたんです。それっぽいでしょう?」

「ああ、九龍城。たしかに」

僕が眼鏡を押し上げて納得すると、和久さんが伸び上がり、校舎の上を指さした。

「グラウンドは裏側だぞ」

校舎に比べてやけに小さな正門をくぐり、永遠に日陰のような校舎脇の道を通って裏にまわると、ごくごく普通サイズのグラウンドがあった。万国旗が垂れ下がり、玉入れのポールや得点板が所狭しと置かれている。

「わりと……小さめなんですね、グラウンドは」

若干拍子抜けした僕の言葉に、和久さんがにやりと笑う。

「第一グラウンドは、たしかに小さめだな」

「あ、第二もあるんですか?」

「第八まである」

僕が息をのむと、和久さんは満足げにうなずき、「マンモス校なめんなよ」と言った。

ドラマ撮影はこの第一グラウンドでやるらしい。いかにも小学校の運動会で使いそうな道具や飾り付けは、ドラマ用なのだろう。早朝の白っぽい空気の下、グラウンドのあちこちにぽつぽつと人だかりができていた。どこから聞きつけたのか、見学者が多い。地元民達は張られたロープの外側から、役者に声をかけたり、スマホで撮影したりして、スタッフに注意されていた。

僕はすぐ隣で、目をきらきらさせている槇乃さんに、聞いてみる。

「南店長もこのグラウンドで体育とかしていたんですか?」

「はい。楽しかったなあ、ゲートボール」

「ゲートボール――」

青春の溌剌《はつらつ》とした姿が浮かびづらい競技名に、僕は言葉を詰まらせた。

そんな外野をよそに、渚くんはすっかりプロの顔で、大人の俳優達にまざって監督の指示を聞いている。いつのまに着替えたのか、白いTシャツに紺色の半パンツという体操着姿だ。頭にかぶった赤白帽子の不自然な真新しさが、目の前の光景が、作り物の世界であることを思い出させた。

役者の動きとカメラの位置を確認するたび、渚くんは他の子役達といっしょにトラックを何周も走らされる。どの子も本番に向けてちゃんと体力を残すような走り方をしていた。僕にはドラマ撮影の手順はよくわからないが、あんなに何度も同じ行動とセリフを繰り返しても、嫌になったり飽きたりしないなんて、役者というのはずいぶん我慢強い人達だと感心する。いつもカメラとライトを独り占めする華やかな職業のイメージしかなかったので、あまりに地味な作業に驚いた。そうこうするうちに、スタッフと役者達が輪を崩して散らばる。休憩らしい。

渚くんは真っ先に板橋さんの元へ走り、口頭で何か伝えた。板橋さんが赤ペンのキャップをとって、台本に何か書き込んでいる。それが済むと、渚くんは板橋さんからお茶のペットボトルをもらい、軽く口に含んできょろきょろした。僕らを――ていうか、栖川さんを――探しているのだろうと思って、僕は高々と手を挙げて呼びかける。

「渚くん」

体操着姿で走ってくる渚くんは、子供そのものだ。けれど僕らの間近まで来て、ついてみせたため息は、大人のそれと同じくらい乾いていた。

「お疲れさま」

「はい。本当に疲れました。リハなのにリアルに百メートル走らせる必要がありますかね？　台本に書かれている種目は、借り物競走なのに」

そう言うと、渚くんはうつむき、お茶のペットボトルのラベルを爪で引っ掻く。

やや重くなった空気を押し上げるように、槇乃さんがふんわり尋ねた。

「どんなシーンを撮るんですか？」

「子供の運動会に来た主人公とヒロインが、目線で想いをたしかめあうシーン」

「目線だけで？」

「フ、フリンだから。胸に秘めていなくちゃ、グッとこないそうです」

さらりと言ってのけ、渚くんは肩をすくめた。

「僕ら子役は、俳優さん達の視線がよりせつなく、より意味ありげに画面に映るために、全力で借り物競走を走ります」

「お疲れさま」

僕がまた同じ言葉をかけてしまったところで、台本を持った板橋さんが迎えに来た。

「渚、そろそろ――」

僕らににこやかに会釈しながら、渚くんをさりげなく誘導する。その視線や掌の力加減には、肉親に近いあたたかさがあった。渚くんが子役として開花した背景には、マネージャーの域を超えた、板橋さんの存在があるのだろう。

「変更になったセリフ、覚えた？」

板橋さんに聞かれると、渚くんはうなずき、顔を作る。

「『すみれちゃん！　すみれちゃん！　すみれちゃんはいませんか？』」

いつもより高く、澄んだ声が出た。板橋さんが赤ペンでセリフを修正した台本をめくって相手をする。

「『はい！』」

「『すみれちゃん、僕と走ってください』」

「『はい……』──うん。大丈夫そうね」

板橋さんはぱたんと台本を閉じて、微笑んだ。渚くんはつまらなそうに、頭の後ろで腕を組んで現場に戻っていく。

「言いたいことが見つからないうちに、言わなきゃいけないセリフばかり増えちゃうよ」

付き合いの長い板橋さんを前にした時にだけ出る、渚くんのくだけた口調が聞こえた。

遠ざかる肩がいつもより華奢に見えたその時、僕の隣にいた槇乃さんが「おおい」と呼びかける。

「渚くんになぞなぞを出します。いいですか？」

「は？」

「いきますよー」

「あの、店長さん？」

困った顔で遮ろうとする板橋さんを無視して、槇乃さんは喋りつづけた。

「《三人のきょうだいが、ひとつの家に住んでいる。

ほんとはまるでちがうきょうだいなのに、
おまえが三人を見分けようとすると、
それぞれたがいにうりふたつ。

一番うえはいまいない、これからやっとあらわれる。

二番目もいないが、こっちはもう家から出かけたあと。

三番目のちびさんだけがここにいる、
それというのも、三番目がここにいないと、
あとのふたりは、なくなってしまうから。》」

そのなぞなぞはもっとつづくのだが、渚くんの声が槇乃さんを遮った。

「それって『モモ』に出てくるなぞなぞですよね？」

「はい！　マイスター・ホラがモモに出すなぞなぞです」

「僕、読んだから、答えはわかりますよ。《きょうだい》が何を表しているのかも、《きょうだい》がいっしょにおさめている《国》が何かも、《きょうだい》がいる《家》が何かも」

「だったら」と言葉を切って、槇乃さんはにっこり笑った。

「私のオリジナルのなぞなぞにしましょうか」

「あの、すみません。渚は出番がありますので」

たまらず割って入ってきた板橋さんをゆったり流して、槙乃さんは言葉をつづける。

「モモがモモになるために、必要なものは何でしょう？」

「何それ？」

眉を険しく寄せて聞き返した渚くんに見せつけるように、槙乃さんは両隣の栖川さんと僕の腕に自分の腕を絡ませた。

「答えがわかったら、渚くんもモモになれますよ。一生、灰色の男でいる必要はないんです」

「……何それ？」

さっきと同じ言葉だったが、槙乃さんの隣に立つ栖川さんを見つめる渚くんの声は、ずっと弱々しかった。そのまま板橋さんに促され、撮影現場へ連れていかれてしまう。

僕は、槙乃さんが組んでくれた腕が痺《しび》れたように感覚がなくなっていくのを感じながら、尋ねた。

「今のなぞなぞの答えは、何ですか？」

「『モモ』を読んでねぇのかコラ」

和久さんが一喝と共に割り込んできて、槙乃さんと組んだ腕を無理矢理振りほどかれる。しょんぼり落ちた僕の肩をバンバンはたいて、今度は和久さんが腕を組んできた。

「天才子役は、南のなぞなぞを解くか？　解かねぇか？　おまえら、どっちに賭ける？」

「解いてくれるに、ハーゲンダッツのグリーンティー」

槇乃さんが応じ、栖川さんがこくりとうなずく。

かつてこの校舎の片隅で、高校生の彼らは、いつもこんなやりとりをして笑っていたのだろう。その輪の中には、ジンさんもいたのだろう。僕は一人取り残されたような寂しさともどかしさを感じた。


カメラが回りだした。白いジャージを着た体育教師役の俳優が、ピストルを掲げる。

「位置について、用意」

銃声がタイミングよく響いて、渚くん達が一斉に飛び出した。役者とエキストラがまざった観客達は、行儀のいい歓声をあげる。

子役達がトラックの半分くらいまで全力疾走すると、借り物のお題が書かれた大きな紙が、ばらまいてあった。本当の競技なら、早い者勝ちで選べるお題だが、走ってくる順番まできっちり演出されたドラマの中では、子役達はそれぞれあらかじめ決められたお題の紙を、さも今選んだように拾い上げる。

渚くんも拾って、頭上に掲げ、応援席を見つめた。ここで一旦、「カット」の声がかかる。

僕はその紙に書かれたお題を見て、「ああ」と思わず声をあげてしまった。

『友達』

紙には、そう大きくはっきりと書かれていたのだ。

僕の気づきと同時に、渚くんの目が大きくみひらかれる。きっと渚くんもわかったのだ、槇乃さんのなぞなぞの答えが。

《いままで逃げまわったのは、じぶんの身の安全をはかってのことです。ずっと彼女はじぶんのことばかりを考え、じぶんのよるべないさびしさや、じぶんの不安のことだけで頭をいっぱいにしてきたのです！　ところがほんとうに危険にさらされているのは、友だちのほうではありませんか。あの人たちを助けることのできる人間がいるとすれば、それはモモをおいてほかにはないのです。》

モモはそのことに気づき、大きな転換点を迎える。

《勇気と自信がみなぎり、この世のどんなおそろしいものがあいてでも負けるものか、という気持ちになりました。》

こうして灰色の男たちに追いつめられていたモモは、僕らが知っているモモにもう一度なったのだ。灰色の男たちに負けず、友達を救える強さを持った少女に。

カメラが近付き、次のシーンの本番がはじまる。動きを止めたままの渚くんに、現場の空気がざわめいた。台本と演出に倣うなら、渚くんは今、応援席に向かって「すみれちゃん！　すみれちゃん！　すみれちゃんはいませんか？」と叫ぶべきところだ。けれど次の瞬間、渚くんが見たのは真逆の方向、ロープで規制された外側の撮影見学者達だった。

渚くんの細い腕がすっと上がる。『友達』と書かれた紙を掲げ、渚くんは叫んだ。ことさら高くもなく、幼くもない声で呼んだ名前は、「すみれちゃん」ではない。

「栖川さん！　栖川さん！　栖川さん！　栖川さん！」

細い体をよじるようにして、渚くんは叫ぶ。

「僕と友達に、なってください！」

大人の社会にうまく適合して、自分の分と役目をわきまえて、無駄を避けて、誰の邪魔にもならないように生きてきた男の子が、今、はじめて自分の願いを口にしていた。自分の意志を見せていた。未来でも過去でもない、現在に足をつけて生きようとしていた。

監督のカットの声がかかると同時に、助監督らしき男性が走り寄る。

「どうした？　セリフが違うよ。演技の段取りも――」

「僕だって友達が欲しい。自分の言葉で喋ってみたい。モモみたいに。自分の役に立つかどうか、自分の利益になるかどうか以外で、人を見てみたい」

「もも？　何だそれ？　いいからこっちに――」

その時、渚くんの手を引っ張ろうとした助監督の脇を、すり抜けていく人がいた。栖川さんだ。

「あんた、何だよ？　部外者は――」

助監督が栖川さんに食ってかかるのを、板橋さんが飛び出してきて謝る。

「すみません。最後までやらせてあげてください」

「はあ？　あんた、あの子のマネージャーか？　そんなワガママ言える立場か？　子役なんていくらでも替えが利く――」

「おろしてもらって結構です。でも今は、最後までやらせてあげてください」

板橋さんは深々と頭を下げながら、左右にステップを踏んで、助監督の行く手をさりげなく遮っていた。渚くんには本当に最高のマネージャーがついている。

栖川さんは板橋さんのアシストのおかげで、無事、渚くんの前に立つと、彼をふわりと抱き上げた。高身長の栖川さんに抱えられ、渚くんはゴールに向かう。カットの声がかかった後なので、誰もゴールテープを用意していなかったが、栖川さんと渚くんはちゃんと最後まで走った。渚くんはちゃんとモモになれたのだと、僕は思う。

子役のささやかな抵抗に気づいたスタッフ達が駆け寄ってくる中、栖川さんが上着のポケットから岩波少年文庫版の『モモ』を取り出すのが見えた。

その本を渚くんに差し出しながら、栖川さんが何か言っている。渚くんは顔をかがやかせて振り仰ぐ。やがておずおずと本を手に取り、抱きしめた。

「あの本は？」

「棚卸しが終わった明け方、倉井さんが寝ちゃった後に、栖川くんが買ってくれたんです。『友達にあげたいから』って」

槇乃さんは両手で口を隠して、くふっと笑う。僕は胸がいっぱいになって、スタッフ達に取り押さえられている渚くんと栖川さんを見た。

人が人とつながる瞬間は、大抵こんなふうに滑稽で、時に傍《はた》迷惑で、少しばかりみっともない。僕は今までずっと「そういうの、間に合ってますんで」とばかりに、『いいね』のボタン一つで、無難に、傷つかずにやって来た。だって、僕は知らなかったのだ。滑稽で傍迷惑でみっともないことの先にだけ、つながっている世界があるなんて。その世界を知ることで、人はずっと生きやすくなるなんて。

渚くんも栖川さんも、きっとこれからいろいろな人に怒られるのだろう。だけど、彼らはとてもすがすがしく、楽しそうな顔をしている。

新しい友達ができた時、人はこういう顔をするのだ。

＊

テーブル席を端に寄せ、僕ら書店員は準備万端待っていた。

今日は久しぶりに、朗読サークル『かすてら』の発表会なのだ。

主催者の栖岡さんが華やかに現れる。するとそれが合図だったかのように、森の動物達よろしくメンバーや観客達がぞろぞろ後につづいた。みんなの手に濡《ぬ》れた傘が握られている。午後から崩れるという天気予報通り、雨が降ってきたらしい。ブルーの傘を腕にかけて最後に現れたのは、渚くんだ。僕らが待ち焦がれていたお客様だった。

「こんにちは」

渚くんの声はほんの少し掠《かす》れている。緊張しているのかもしれないし、声変わりがはじまったのかもしれない。自分にもたしかにあった、あの時期のもどかしさと面《おも》はゆさを思い出し、僕は目を細めた。渚くんの視線の先で、栖川さんがかすかにうなずく。

「元気か？」

「はい。元気です、とても。新しいＣＭも決まりました」

渚くんは言葉を切って少し考えてから、付け足した。

「学校の体育の授業で創作ダンスがあって、僕の班は優秀賞をもらったんです」

「それはすごい。振り付けを考えたのは？」

「僕だよ」

栖川さんの前で時々口調がくだけ、少しだけ得意そうな顔をしてみせるようになった渚くんには、子役の時とは違った愛らしさが滲んでいた。

あの日以来、渚くんは板橋さんと相談の上、ドラマの仕事を思いきって減らしたそうだ。

そうしてできた時間で、学校に行ったり、〈金曜堂〉に来たり、はたまた今日のように朗読サークル『かすてら』の活動に励んだりしている。

頻繁にテレビに出なくなったことで、逆に渚くんを指名する仕事が増えたのは、さすがの敏腕マネージャー、板橋さんも予想しなかったことらしく、「不思議です」と嬉しそうに首をひねっていた。

「今日は『かすてら』の最年少新メンバー、津森渚くんの朗読から参りましょうか」

槇岡さんがそう言って手を叩くと、輪のすみずみまで拍手が広がる。

渚くんは本を抱えて輪の真ん中に出て行くと、用意されたスツールに腰掛けた。

「僕は、ジョーン・ゲイル・ロビンソンの『思い出のマーニー』を読みます。〈金曜堂〉の南店長が教えてくれた小説です。読んでみたら、すぐに好きになりました。主人公は女の子ですが、僕には、彼女が様々な場面で抱くすべての気持ちがわかります。だからきっと皆さんにも、このお話のおもしろさを、朗読で伝えられると思います」

そんなふうに本を紹介し、渚くんは小さく咳払いすると、掠れた声のまま朗読をはじめる。僕らはしんとして聞き入った。

ここからは聞こえないはずの雨音が、僕の耳の中で静かにやさしく鳴っていた。

第4話

野原町綺譚

例年より少し早く梅雨《つゆ》が来た。むわっとした湿気をまとった肌が、ぺたぺたとスチール机にくっつく。

「ここは、電波があまり入らないでしょう？」

突然、背中から声がして、僕は「すみません」と叫びながら立ち上がった。

振り向くと、本の束を抱えた槇乃さんが、大きな目をさらにまん丸にしている。

「いや、あの、すみません、南店長」

僕は謝りつづけながら、手に持ったスマホのブラウザをあわててとじた。そんな僕を見て、槇乃さんがふっと笑う。

「いいんですよ、倉井くん。休憩中なんだから、好きなように過ごしてください」

「いえ、もう、そろそろ――。入りづらいけど、入らないことはないです」

「え？」

「あ、携帯の電波、の話です」

やりとりがちぐはぐになっていることを自覚しつつ、修正の方向がわからない。

眼鏡の縁に手を添えたまま僕が黙りこむと、槇乃さんは「何か邪魔しちゃって、ごめんなさい」と眉を下げて、申しわけなさそうにバックヤードから出ていった。

僕はため息をついて、パイプ椅子に腰をおろす。閲覧中の下世話なサイトを知られたくなくて挙動不審になるとは、僕もつくづく小物だと思う。がっかりする、自分に。もっと自然に会話を弾ませたいのに、どうしてこうも間が悪いのだ？

僕はもう一回ため息をついて、いったんとじたスマホのブラウザをまたひらいた。

スレッドが乱立するその掲示板には、真偽が渾然《こんぜん》一体となった情報が、匿名で書き込まれつづけている。中には、僕がアルバイトしているこの本屋〈金曜堂〉の噂《うわさ》もあった。というか、僕がそもそも〈金曜堂〉の存在を知ったのは、この掲示板に『読みたい本が見つかる本屋』と書いてあったからだ。〈金曜堂〉に関する書き込みに限っていえば、他も大抵ネタとすぐにわかるものだったり、好意的なものだったりしただけに、今回見つけた書き込みは、わりとショッキングだった。

——野原駅の金曜堂は、ヤクザがオーナーだよ。

——ジイ、黒い交際まで発覚ｗｗｗ

——ジイと金曜堂って関係あるの？

無数にある書き込みの中のわずか三つゆえ、すぐに流れて蒸し返されることはなかったが、僕の心にはしこりが残った。落書きに等しい噂話を無視できないなら、ネットとはきっぱり距離をおくべきなのに、なかなかそうもいかない意志の弱さが憎い。

休憩時間が終わり、僕はフロアに出た。書棚スペースの方に客はおらず、喫茶スペースでは背広姿の中年男性が、バーカウンター越しに向き合う栖川さんと話しこんでいる。まだ金曜日の午後五時前なのだが、会社の方は大丈夫なんだろうか？

書店員にもかかわらず、たいていバーカウンターの中で飲み物や食べ物を用意したり作ったりして一日を過ごす栖川さんは、今日も蝶ネクタイと白いシャツの上から、書店員共通のモスグリーンのエプロンをつけている。そして今日も黒髪と日本的な顔立ちの中で異彩を放つ青い目でお客様を射抜きつつ、静かに話を聞いていた。

「ちょっと、ちょっと、倉井くん」と背中にやわらかい声がかかる。振り返ると、入口近くの平台《ひらだい》の前で、槇乃さんが大きな目をきらきらさせて両手を真横にひらいていた。

「野原高生の夏休みに向けて、野原町《のはらちょう》の郷土史コーナーを作ろうかと思っているんです」

野原高校一年生には毎年、夏休みに郷土を調べる宿題が課されるという。

僕はレジカウンターから出て、槇乃さんがピックアップした書籍に目を落とす。明治時代から残る各時代の町の地図、地元の郷土史家が書いた名もなき地元民の立身出世物語、昔話、子守歌、この付近の畑の開墾史まで、野原町のありとあらゆる記録がそこにあった。

「いいんじゃないでしょうか。こんなことでもなきゃ、地元の歴史なんて知る機会ないし」

僕は上の空で答えながら、「それより、あの」と槇乃さんの目を見返す。

「ジイって〈金曜堂〉と何か――」

「じー？　ＡＢＣＤＥＦ？」

　ことんと小首をかしげられる。まずい。渋く枯れた老執事みたいなルックスから「ジイ」というあだ名で呼ぶのは、ネット界隈《かいわい》だけだったか。僕はあわてて眼鏡を押し上げた。

「いや、Ｇじゃなくて。大谷正矩《おおたにまさのり》って議員がいますよね？」

「内閣官房長官の？」

「そうです。そうです。日本の政治家にしては、めずらしく渋いタイプの――」

　僕は言葉を途中で切る。槙乃さんのやわらかそうな頬が珍しく強《こわ》ばり、ふっくらした唇がとがったからだ。

「ごめんなさい。その人の話は聞きたくないです」

　槙乃さんのはっきりとした拒絶に、僕の舌は凍りつく。

「あ、すみません……」

　なぜ？　と疑問に思うより先に、僕はしょげてしまった。職場での雑談に、政治や宗教の話を持ち出すのは危険だって、そういえば聞いたことがある。あたりさわりのない関係に、ひびが入りやすいからだろう。よりによって槙乃さん相手に、何をやっているのだ、僕は。失敗した。

　悄然《しょうぜん》となった僕の視線の先で、入口の自動ドアがあいた。目にまぶしい金髪を角刈りにした男性が外股で入ってくる。今どきコントの衣装でしか見ないようなソフトスーツを着たオーナーの和久さんだ。奥に引っ込んだ小さな目をみひらき、背の低さをカバーする威圧感でフロアを睨《ね》め回す。

「オーナーが営業から戻りましたよっと。変わりなかったか？　ん？　南、また新しいフエアやんのかよコラ？　何だ？　勉強系？　野原高生にウケんのか、これ？」

和久さんの機関銃のような喋《しゃべ》りを、今日ほどありがたく思ったことはない。案の定、槇乃さんの雰囲気が、またいつもの丸みを帯びた。

「郷土史コーナーを作るんだ。ほら、野原高の一年は、夏休みの宿題で郷土史を調べるでしょう？」

「は？　俺らの時も、そんな宿題あったか？　覚えてねぇな」

「ヤスくんが覚えていないのは、単に宿題をやってないからだよ」

嘆息する槇乃さんをけけけと笑い飛ばし、和久さんは喫茶コーナーへと足を進める。バーカウンターのスツールが、和久さんの定位置なのだ。

僕も気を取り直してレジカウンターへ戻ろうとした矢先、素っ頓狂な声があがった。

「河童《かっぱ》！」

僕と槇乃さんの目がいったん合い、視線はそのまま同じ動きで喫茶スペースの方へと流れる。そこで見たのは、先ほどから栖川さんと話し込んでいたサラリーマンと、睨《にら》み合う形になった和久さんだった。背広の上着を脱いだサラリーマンは、スツールから立ち上がり、和久さんを指さし、口をあんぐりあけている。和久さんはといえば、顔が白くなっていた。あまりの怒りで、赤も青も通り越した結果だろう。

「河童！　河童だ！　私が見た河童、まさにこういう顔をしていたんです」

サラリーマンは興奮しきった様子で、ぺたっとした髪の毛を左右に揺らしながら、指先を何度も和久さんに突きつけた。

「誰が河童だコラ。しばくぞ、おっさん！」

槇乃さんが小走りに寄っていき、いきり立つ和久さんとサラリーマンの間に入る。他に客がいないのをいいことに、僕も野次馬根性丸出しで近づいた。

「どういうこと？」という槇乃さんの質問は、サラリーマンでも和久さんでもなく、栖川さんに向けられる。賢明な判断だ。ただし、栖川さんは冷静だけど、あまり口がまわる方ではない。結局、サラリーマンが興奮しながら、自分で説明してくれることになった。

「いや、さっきからね、この店員さんに話していたんですよ。昔——私が子供の時分だからもう五十年近く前だが——この町にあったいとこの家に遊びに来て、奈々実川《ななみがわ》で河童を見たんだって。ねえ、お兄さん？」

同意を求められ、栖川さんがグラスを磨きながらコクコクとうなずく。そして僕に向かって短く言った。

「野原町に流れていた奈々実川は、三十年前に埋め立てられた。今は国道が走っている」

「ちなみに、五十年前の町内地図で見ると、奈々実川はこんな感じです」

いつのまにか槇乃さんが郷土史コーナーのための書籍の中から古い地図を持ってきて、広げてくれる。たしかに、国道のあるあたりに川が描かれていた。想像より大きく広い川で、和久さんが足繁く通う国道沿いのパチンコ店も、この時代は川の中だ。

僕は圧倒的に白いところの多い地図を眺め、思わず言ってしまう。

「ていうか、この時代の野原町は何もないですね」

駅と野原高校はかろうじて見つけられたが、バスのロータリーもロータリー周りの商店街も少し奥地に広がる住宅群もない。見渡すかぎりの畑、山、田んぼだった。

サラリーマンが口を挟んでくる。

「そうそう。自然がいっぱいで、『風の谷のナウシカ』みたいな――」

「喩《たと》えがおかしくねぇ？　宮崎《みやざき》アニメで言うなら『となりのトトロ』だろ」

和久さんに怒鳴られても一向に応えず、サラリーマンはぽんと手を打つ。

「あ、村でしたね、当時は。野原村」

「はあ。つまりあなたは幼き日、当時村だったこの町の、今はなき川で、河童に出会った。その河童が、和久さんにそっくりだった、と」

僕は話をまとめながら、眼鏡のブリッジを押し上げて和久さんを見る。

「あ！　坊っちゃんバイト！　てめぇ今、俺の顔見て笑っただろ？」

「笑ってません」

「笑った。絶対笑ったぞコラ」

とばっちりが来て、僕はほうほうの体《てい》で槇乃さんの背中に隠れた。そりゃたしかに、ちょっとくらいは顔がにやけてしまったかもしれないけど、仕方ないじゃないか。河童の和久さんなんて――おもしろすぎる。

僕と和久さんのやりとりを見て、サラリーマンは少し落ち着いたらしい。Yシャツの袖をまくって、頭を下げた。頭頂部の髪がだいぶ薄くなっている。

「何だか私、ずいぶん失礼なことを言ってしまったようで、申しわけありません。野原町といえば、私の中で河童のイメージしかなかったもので、つい――」

「だから、それが失礼だって言ってんだろが」

和久さんはぷいと横を向いて、ようやくスツールに腰掛けた。サラリーマンは名刺をカウンターに置いて、和久さんの方へと滑らす。

「これも何かの縁ですので、一つお許しください」

へらりと笑う顔は、くたびれすぎていて憎めない。

「自分だって妖怪みてぇな面《つら》してやがるくせに」と和久さんは暴言を吐きながら名刺をつまむと、バーカウンターの上に吊《つ》られたレトロなオレンジ色のランプシェードにかざした。

「株式会社アセント、営業二部課長、藪北勝《やぶきたまさる》。全然わかんねぇな。何してる人？」

「主に、オフィス機器やインダストリアル機器の製作ですね」

「鉛筆削りとかを作る会社か」

「え。ええ、まあ、大胆に要約すれば」

和久さんに会社概要を乱暴にくくられても、藪北さんは気分を害さない。その理由は次の言葉でわかった。

「リストラ一歩手前なんで、この名刺もいつまで使えるかわからないですけど」

へらりとした笑みを浮かべたまま頭を掻《か》く藪北さんを、和久さんが睨んだ。

「何がおかしいんだ？」

「え？　いや、もう笑うしかないって状況なんで」

「家族は？」

「……妻が一人、娘が二人。高校生と中学生です」

「笑ってる場合かよ？　河童に会って、尻子玉でも抜かれたか？」

「しりこだま？　ああ。河童に尻子玉抜かれると、ふぬけになるんでしたっけ？」

藪北さんは「ふぬけ。まさに私ですね」とまたへらりと笑いかけ、和久さんの形相に気づいて、あわてて顔を引き締めた。

「そうだ、本……。私ね、本を探してほしいと思っていたんですよ」

とってつけたように言う。話題を変えるための口実に思えなくもなかったが、槇乃さんは素直に目をかがやかせた。

「探します。探します。どんな本でしょう？」

「いやあ、漠然としていて申しわけないんだけど、河童の出てくる小説を何か――」

「まだ言うか！」という和久さんの声は無視して、槇乃さんは髪を指に巻きつける。

「あくまで河童のみですか？　それとも、妖怪のたぐい全般？」

「全般でいいですよ。妖怪とかＵＭＡとか幽霊とか、私はわりと好きなんで」

藪北さんはあらためて店内を見回し、勢いよくうなずいた。

「〈金曜堂〉さんは『読みたい本が見つかる本屋』らしいから、期待してますよ」

「あ」

僕のあげた声はよほど大きかったのだろう。みんなから一斉に見られる。

「あ、いえ、すみません。関係ないこと思い出しちゃって」

「何だよコラ。脅かしてんじゃねぇぞ。坊っちゃんバイトのくせに！」

和久さんがＰＫを外したサッカー選手のように、大げさに天井を見上げて嘆息した。

「すみません」と頭を下げつつ、僕は藪北さんをそっと見る。リストラされそうなサラリーマン、世の中の新しい物にはついていけてなさそうな中年のこの人が、日々変遷を遂げる広大なネット世界の、コアな掲示板に書かれている〈金曜堂〉の噂を知っていることに、僕は驚いていた。どこで知ったのだろう？　こう見えて、ネットジャンキーか？　娘さんから聞いたとか？　何にしても意外だ。

僕の動揺をよそに、槇乃さんは大きな目をくるっと動かし、親指を突き立てた。

「ちょっと地下書庫を見てきますね」

「え。地下？」

足元に目を配る藪北さんに、槇乃さんはゆるくウェーブした髪を払って、うなずいた。

「お待ちください」

戻ってきた槇乃さんの手にあったのは、梨木香歩《なしきかほ》の単行本『家守綺譚《いえもりきたん》』だった。「在庫には文庫もありますが、達筆な題字が目を引く単行本をあえて選びました」と槇乃さん。奥付《おくづけ》の出版年は十年以上前ながら、単行本はぱりっと新しかった。時間がゆっくり流れる書棚の中で、誰かに読まれる日をじっと待っていたのだろう。

槇乃さんから本を受け取ると、藪北さんはまず表紙を見た。それから目次に並んだ植物の名前を見て頬をゆるめ、さらにページをぱらぱらとめくり、奥付を指でなぞり、本を閉じ、最後に帯の後ろに書かれた言葉を読み上げる。

「《四季おりおりの天地自然の「気」たちと、文明の進歩とやらに今ひとつ棹《さお》さしかねてる新米精神労働者の「私」と、庭つき池つき電燈《でんとう》つき二階屋との、のびやかな交歓の記録である。》か。へえ、おもしろそうですね」

槙乃さんがちょこんと背をかがめ、本の表側の帯に書かれたコピーを指さす。

「《ほんの百年すこしまえの物語。》ですけど、藪北さんならきっと今の物語として読めるのではないかと思いまして」

藪北さんは一瞬真顔になり、それからまたへらりと表情をうやむやにした。

「よかった。雑誌の『ムー』とか水木《みずき》しげるの漫画とか京極夏彦《きょうごくなつひこ》の小説とか持ってこられたらどうしようかと思いました。それらはもう家にあって、何度も読み返しているんでね」

嗜《し》好《こう》に偏りがあるとはいえ、日常的に読書をしているらしい藪北さんの言葉を、僕はまた意外に思う。

結局この日、藪北さんは『家守綺譚』をきっちりお買い上げになって帰った。

「出てきますよね、河童？」と念を押しながら。

藪北さんが乗ったであろう上り電車がホームを発《た》つと、〈金曜堂〉にいた全員がほぼ同時に大きなため息をつく。

「あー、疲れた。疲れた。あいつこそ、妖怪の一種じゃねぇの？　疲労感ハンパねぇわ。人を河童呼ばわりしやがって！」

怒りがぶり返してきたらしい和久さんは、愚痴大会に栖川さんを引き入れようとしたが、栖川さんは何か深く考えこんだまま、ろくに視線を上げなかった。

「だいたい『河童を見た』って何だよ？　寝ぼけんじゃねぇぞコラ。犬か猫の見間違いだろ」

「犬や猫は二足歩行しないよ、ヤスくん」

槇乃さんに正しく突っ込まれ、和久さんは歯を食いしばる。

「じゃ、じゃあ、アレだ、アレ。どこぞの青白い顔したガキと河童を見間違えて――」

「まさか、ヤスくんを河童と？」

「バカか！　あのおっさんが幼少の頃だぞ。俺まだ生まれてねぇよ！　南と同級生だろうが」

「あ、そうだった。そうだった」

槇乃さんは両手をあわせて「ごめんなさい」と頭を下げている。鋭いのか鈍いのかわからない人だ。槇乃さんは和久さんの顔色を見つつ、「でも」とやんわり言った。

「河童は見間違いじゃないと思うよ。少なくとも、奈々実川の河童は、他にも見たことのある人がいるって――」

「郷土史の関連本にそう書いてあったんですか？」

僕のせっかちな質問に、槇乃さんは人差し指でぷっくらした唇をおさえ、首を横に振る。

「いえ、直接聞いた話です」

「誰に？」

僕と和久さんの声が揃《そろ》ったが、ちょうどお客様が入ってきて、河童の話はそれきりとなってしまった。

＊

そんな出来事があったせいか、翌週、僕は父さんの見舞いに行く際、異母妹の双子ちゃん達へのおみやげに、河童の出てくる児童書を選んでしまった。

『カッパのぬけがら』というタイトルがまず良い。ただ、三歳の双子ちゃんには文字が小さく、また多すぎるお話だったかもしれない。タイトルにある「ぬけがら」という言葉の意味も通じなかった。それでも僕が読んであげると、話のおもしろさに、たちまち身を乗り出す。カッパと人間の少年ゲンタのとぼけたやりとりに笑ったり、カッパのぬけがらを着たゲンタが川岸でカッパとすもうをとったり、すいすいと川下りしたりする様を羨ましがったりしながら、最後まで集中して聞いてくれた。

大きな病院の個室は広々として、ソファやテレビも立派だ。そこに父さん、僕、継母の沙織さん、異母妹の双子ちゃんと、少々複雑ながらも家族と呼べる全員が集《つど》っていると、広尾にある実家のリビングと同様にくつろげ、あたたかい笑いが絶えなかった——と言いたいところだけど、そこは——どんなに豪華でも——やはり紛れもない病室で、実家にあるような立派な書棚はなかったし、酒の持ち込みは禁止されていた。父さんはあまり長く起きていられず、団らんも、検温だ何だでたびたび入ってくる看護師達によって中断された。

「パパ、早くお家《うち》に帰りましょうよ」

父さんとは二十五歳近く年の離れた沙織さんが甘えた声を出す。それは精一杯の強がりだ。沙織さんは最近一人になると、いつも泣いているらしい。不安で寂しくて仕方ないのだと言っていた。それなのに、父さんと僕の意志を汲《く》んで、僕を春から一人暮らしさせてくれている。血はつながっていないけれど、沙織さんは今、間違いなく僕の母さんだった。

そんな沙織さんを慰める言葉を持たぬまま、僕は（本当に）と心の中でつぶやく。

——本当に早く、父さんが元気になって家に帰って、仕事にも復帰できるといい。

嫌な音がする咳《せき》をしながらベッドに横たわった父さんは、ありったけの生命力を灯《とも》した目で僕を見つめて言う。

「〈金曜堂〉は楽しそうな本屋だな」

「うん。楽しいよ。ちょっと暇すぎて大丈夫かなって時もあるけど」

「その暇は、店の財産だよ。南さんという店長は、ちゃんと財産を活かしているじゃないか」

「そうかな？」と僕は首をかしげながらも、槇乃さんが父さんから褒められて嬉《うれ》しく思う。父さんは何もかもお見通しって顔で微笑《ほほえ》んだ。

「幻の地下ホームの巨大な書庫ってやつも、一度見てみたいものだ」

「元気になったら、来てよ。南店長なら、同業他社の社長にも、きっと見せてくれるよ。お客様だって地下に案内しちゃうくらいだから」

父さんは目をみひらいて「ほう」と楽しそうに唸《うな》った。

「お客様はそこで『読みたい本』を見つけて帰るのか？」

「たまに見つからない時もある。でも、そういう時は何ていうのかな。南店長が見つけちゃうんだ。そのお客様が本当に読みたがっていたと思われる、別の本を」

父さんの目の中に光がきらりと宿る。その光は、父さんがまだ元気に仕事をしていた頃に、よく宿していたものだった。

「つまり南さんは、本の海で溺れるお客様に、浮き輪を投げてやれる店長だってことか」

そう言った後、父さんは激しく咳きこむ。沙織さんがあわててベッドに駆け寄り、背中をさすった。沙織さんの邪魔にならないよう脇へ退こうとした僕の手を、父さんが意外な力強さでつかむ。

「いい本屋を見つけたな、史弥。いろいろ学んできなさい」

その言葉が意味する父さんの思いを汲み取り、僕は戸惑う。それが伝わったのだろう。父さんはぱっと手を離し、すぐにまた穏やかで、冗談めかした口調に戻った。

「まあ、いい本屋であることにかけては、〈知海書房〉も負けていないけどな」

〈知海書房〉は、創業百年を超えた老舗《しにせ》と呼ばれる大型書店だ。僕の曾《ひい》お祖父さんが興し、代々倉井の家業となっている。父さんは三代目の社長で、神保町にあった古い町の本屋を一気に全国展開させた腕利き経営者だったが、今は病に倒れ、あれほど好きだった仕事を休んで静養中だ。

もちろん、父さんは仕事復帰を目指してがんばっている。だけどこの頃は時々——体のどこかがひどく痛む時などに——ふと、四代目に思いを馳《は》せたりもするようだ。その際、四代目候補として真っ先に思い浮かぶのが、三度の結婚で授かった総勢四人の子供達の中で、最初の子供かつ唯一の息子である僕なのは、仕方のないことかもしれない。だからって、仕方なくやれるような仕事でもないから、僕はまた今日もこの話題を避けてしまう。

黙って眼鏡のつるをいじりだした僕を見て、父さんもそれ以上何も言わず、近くにあったリモコンでテレビをつけた。

お昼のニュースに映ったのは、国会の壇上で質疑に答える男性だった。銀髪と呼びたくなる立派な白髪をオールバックにした横顔は端整で、痩せた体はすっと背筋が伸び、スーツ姿が板についている。何なら燕尾服《えんびふく》の方が似合いそうな雰囲気だ。老いているが、くたびれてはいない。むしろいい感じに枯れて、若い女性達にも人気があることだろう。

「ジイだ」

僕のつぶやきは聞こえなかったようで、父さんは深々とため息をつく。

「大谷正矩も相当追い詰められたなあ」

「？　どういうこと？」

「何だ？　知らないのか？」

沙織さんが「これよ」と差し出してくれた週刊誌には、『官房長官金まみれ！』とセンセーショナルな見出しが躍っていた。

記事の中身は、現役の内閣官房長官と大手ゼネコンの間に現金授受があったのではないかという疑問を呈すにとどまっていたが、思惑渦巻く国会と不満の絶えない世間をゆるがすには十分だろう。

「大谷議員といえば、町議会議員から県議会議員、衆議院議員、入閣して外務副大臣、そして官房長官と、ここまで着実にステップアップしてきた政治家だったのになあ」

「火のないところに煙は立たずよ」

沙織さんがぴしゃりと父さんの言葉を制す。世論は、たぶん沙織さん側だ。

父さんは沙織さんに「まあねえ」と穏やかにうなずいてから、僕を見た。

「そういえば、大谷議員の地元は、史弥が今住んでいるあたりじゃなかったか？」

「えっ」

僕の頭に、あの掲示板の三つの不穏な書き込みが蘇《よみがえ》る。沙織さんが横で素早くスマホを操作し、「本当だ」と無邪気な歓声をあげた。

「大谷正矩は野原町の町議会議員からスタートしてるわ。田んぼと畑ばかりだった野原町に国道を建設したのも彼の手腕だって。ほら、ウィキペディアに書いてある」

奈々実川を埋め立てて作ったという、あの国道か。思いがけずがっつり絡んでいた野原町と大谷議員に、僕はもう嫌な予感しかしない。

「野原町は、僕の住んでいる町じゃない。バイト先の……〈金曜堂〉のある町だよ」

僕の語尾はかすかに震えたが、父さんにも沙織さんにも気づかれずに済む。二人は自分達が直面した一大事とは無関係な出来事に救われたように、気楽にテレビを見つづけた。

東京の病院から戻ったその足で、アルバイトへ行く。

先週から雨が降りつづいていた。風はなく、雨も「しとしと」と形容したくなる降り方だったが、天気予報によると、フィリピン沖で東向きに進路を変えた台風5号が、着々と日本列島に近づいているらしい。

おみやげに買った箱入りクッキーをバーカウンターの栖川さんに差し出すと、黙ってサイフォンコーヒーを淹《い》れてくれた。

お客様のいない隙に、かわるがわる書店員達が一服入れていると、喫茶スペース側の自動ドアがひらく。入ってきたのは、藪北さんだった。ぺたっとした髪は湿気で少し膨れ、濡れた傘の先からぽたぽた水が落ちている。雨の日は売り物の書籍が濡れないよう、店の入口に傘立てを準備してあるのだが、目に入らなかったらしい。

「いやあ、南店長。『家守綺譚』おもしろかったです！　一気読みでした」

藪北さんは大きな声で言いながら、きょろきょろする。槇乃さんを探しているのだろう。呼ばれた槇乃さんは、書棚の陰から顔を出し、にっこり笑って手を振った。

「それはよかったです。藪北さん、どうぞこちらへ」

「お？　何ですか？」

首をかしげながら売り場の方へ移動しようとする藪北さんの腕から、僕はさりげなく傘を取って、傘立てに置く。そして自分も藪北さんの後ろにつづいた。

槇乃さんが見せたかったのは、先週から取り組んできた野原町の郷土史コーナーだ。この一週間弱で、選書が終わり、試行錯誤して平台の場所を決め、槇乃さんによる熱烈な紹介文と栖川さんによる芸術的な工作が融合したＰＯＰ《ポップ》もできて、ほぼ完成に近づいていた。

「あっ。『家守綺譚』じゃないですか」

平台の一角に積まれた文庫本を見つけて、藪北さんが歓声に近い驚きの声をあげる。槇乃さんは敬礼をしてみせた。

「はい。藪北さんと話してる時に、ピンときたんですよ。そうだ。野原町にはかつて奈々実川があって、そこで河童が目撃されたりしてたんだ。『そうだ河童、いこう。』って」

「何、JR東海の『そうだ京都、行こう。』風に言ってんだよコラ」

バーカウンターで文庫本を広げた和久さんがすごんだが、槇乃さんは平気だ。後ろで手を組み、にこにこ肩をすくめてみせる。

「つまり、私達が今見ている風景だけがすべてじゃないってこと。ここに至るまでに時間という目に見えない大きな川が流れて、その川を懸命に泳いだ人達がいたってこと。郷土史を学ぶ楽しさって、そういうことを身近な町から実感できるところにあるのではないかと思った末の、羅針盤《らしんばん》本です」

「羅針盤?」

「はい。この小説で郷土史を調べられるわけではないけれど、この小説を読んだら少しは積極的に郷土史を調べたいと思えるんじゃないかなって。勉強の意義に迷った時の羅針盤。だって《それはついこのあいだ、ほんの百年すこしまえの》出来事なんですから」

槇乃さんは唇を結んできゅっと口角をあげると、野原町の地図や地元有志が発行しているタウン誌、役所がまとめた民話や民俗の冊子と共に、平積《ひらづ》みにされた『家守綺譚』の束を掌《てのひら》で示した。

「郷土史研究を、ただの面倒くさい宿題で終わらせてほしくないんですよね」

「へえ。深いんだねえ、店長さんのチョイスは」

　藪北さんがへらりと笑って手を叩《たた》く。どことなくからかわれているようにも響く。槇乃さんは気を悪くした様子もなく、ウェーブした髪を人差し指にくるくると巻きつけた。

「いえ。単に個人的な反省からくるチョイスだったりします」

　夏休みの宿題に追いかけられている女子高生の槇乃さんを想像して、僕が思わず頰をゆるめていると、話が急に飛んできた。

「ということで倉井くん、調査をお願いします」

「え？　調査？　何を？　何の？」

「もうすぐ野原高生達の下校時刻です。この辺りでさりげなーく、郷土史コーナーに対する彼らの反応を見ておいてください」

「わかりました」とうなずく僕に、槇乃さんは胸を張る。

「反応があれば、今日の閉店後にでもＰＯＰ《ポップ》を立てて、コーナーを完成させちゃいます」

「なければ？」

　反射的に返してしまってから、僕は後悔する。槇乃さんが眉を下げ、世にも悲しい顔をしたからだ。

「あ、いやいや、反応ないなんてこと、きっとないですよね」

「反応がなかった時は、根本的に考え直します」

なずく。

「せっかく準備したのに？」

そう口を挟んだのは、藪北さんだ。槇乃さんはくるんとカールしたまつ毛を震わせ、う
「個人の自己満足で終わるのは、仕事じゃないですから」

いつも通りふんわりした言い方だったけれど、その言葉の強さは僕を貫いた。すっと息が漏れたので隣を見ると、藪北さんも少し神妙な顔になっている。

槇乃さんだけがにこにこ笑って、文庫本の『家守綺譚』を取り上げた。

「河童の話、どうでした？」

藪北さんは表情を崩し、へらりと笑う。

「何編かありましたが、私は『ドクダミ』ってのが一番好きですねえ。河童の女の子のぬけがらを干す話」

「ぬけがら？　僕、まさに『カッパのぬけがら』って本を、今日読んだばかりです」

槇乃さんは「あれは、おもしろい児童書ですよね」とうなずき、「こっちのぬけがらは、《河童衣》という言葉で表されていたはず」と言いながら文庫本をひらく。

「《布のようでもなし、皮のようでもなし、暗緑色に濃い茶を混ぜたような土色をして、しかもてろてろ光っている。》らしいですよ」

「そうそう。ぬけがらを棒の先に引っかける描写がよかったんですよ。リアルで」

藪北さんが深くうなずくと、槇乃さんは嬉しそうにつづけた。

「《べろん、と広がると、土色が透明を帯びて、微《かす》かな風にへろへろと揺れている。筒袖《つつそで》の上着に猿股《さるまた》をくっつけたような形である。》……梨木さんは本当に文章が上手ですよね。リズムもいいし、過不足なく状況を伝えてくれて、文字に色がついているみたい」

たしかに、『カッパのぬけがら』に書かれていた緑色のダイバーズスーツみたいなぬけがらもユーモラスで良かったが、槇乃さんの読み上げた文章に出てくるぬけがらは土臭く、哀愁漂う別の魅力があった。何より、その文章が読み上げられただけで、僕の頭にすらっとぬけがらが思い浮かんだことに驚く。これが槇乃さんいわく「文字に色がつく」ということなのか。

「《河童衣》を脱いだ河童の女の子は、人間の少女の姿でいるでしょう？　あそこが印象的でね、私の会った河童も《河童衣》を脱いで、人間と変わらない見かけになって、今もこの町で暮らしているのかなあ、なんて思っちゃいましたよ」

藪北さんの言葉に、僕ら三人とも視線がバーカウンターへと向いてしまう。

バーカウンターでは、敏感に視線を察知した和久さんが金髪角刈りを逆立てんばかりの勢いで、睨み返していた。

「俺は、河童じゃねぇぞコラ」

書棚スペース側の自動ドアがひらいて、野原高生達が入ってくる。授業が終わり、まずは帰宅部の学生達が帰りはじめたのだ。槇乃さんがレジカウンターへ飛びこみ、藪北さんはバーカウンターに移動し、残された僕は、槇乃さんに頼まれた通り、書棚の本を整理しながら野原高生達の様子をうかがった。郷土史コーナーに反応してくれ、と祈りつつ。

僕ら書店員の意識は、その時、完全に高校生達に向いていたと言える。だから、制服姿の集団に紛れて、さらりと入ってきたグレーのレインコートの女性に、誰も気づかなかった。目には入っていても、お客様の一人として流してしまった。

けれど、彼女は本屋のお客様ではなかった。

野原高生達がたまったフロアには目もくれず、まっすぐ喫茶スペースへと足を進める。栖川さんの青い目がすっと細くなると同時に、「すみません」とよく通る声があがった。声をかけられた相手は、栖川さんではない。バーカウンターを占拠した栖川さんファンの女子高生達でもない。はじっこの席で肩身狭そうに、でもちょっと嬉しそうに、コーヒーを飲む藪北さんでもない。女子高生達にスツールを譲って、テーブル席に移動した和久さんだった。

「あぁ?」といつもの調子で柄悪く、三白眼になった和久さんにたじろぐ様子もなく、女性は雨粒が丸く弾《はじ》かれたレインコートを脱がぬまま尋ねた。

「和久靖幸さんでいらっしゃいますよね?」

「……そっちは？」

「週刊ウィンドの松元令佳《まつもとれいか》です。大谷正矩議員と和久興業の関係について、話を聞かせてください」

「関係？　知るかよ」

名刺入れを出した女性記者の手に、ボイスレコーダーも握られているのを見て、和久さんの三白眼はますます白目の面積が大きくなり、下顎が出てくる。泣き出す子供がいたっておかしくない形相だ。女性記者は、しかし鼻で笑った。

「でしたら、和久伊蔵《いぞう》さんとお話しさせていただけませんか？」

「じいちゃんと？」

「ええ。あなたの祖父である和久伊蔵さんは、数年前に隠居されたとか。でも町中探しても、見つからないんですよね。これ以上、この町をうろうろしていると身の危険を感じるので、お孫さんの店に来てみたんですけど」

「身の危険だぁ？　どういう意味だよコラ」

「そのままの意味です。だってこの町、いたるところに怖いヤクザがいて――あ、すみません。和久興業という会社のサ、ラ、リ、ー、マ、ン、の皆様でしたっけ」

女性記者は小首をかしげてかわいく笑って見せた。明らかに挑発している。女性だから殴られないと高をくくっているのかもしれないし、もし殴られたら弱みを握れるという腹づもりなのかもしれない。いずれにしても、たちのよくない考え方だ。

僕が事の成り行きにはらはらしている間に、槇乃さんは喫茶スペースへと移動する。

「おそれいりますが」とかけた声はおだやかだったが、底知れぬ威厳があった。

「出ていってください」

はっきり告げたその一言には、何の言いわけも理由もついてこない。

てっきり「他のお客様のご迷惑となりますので」的な決まり文句が出てくると思っていたのは、僕だけではないようだ。言われた当人の女性記者さえ、ぱちぱちとまばたきを三回ほどした。

「え？　今、何て？　『出ていけ』って言った？」

「言いました。ごめんなさい」

腰を折って頭を下げると、槇乃さんはくぐもった声で「でも」とつづける。

「出ていってください。今すぐ」

バーカウンターの女子高生達が、気まずそうに身をすくめる。書棚前の僕にまで届いたそのやりとりは、もちろん本を選んでいる野原高生達にも聞こえていたはずだ。結果、店にいる全員が槇乃さんと和久さん、そして女性記者に注目することとなった。

ゴム引きのレインコートをがさりと揺らし、女性記者は痩せた肩を尖《とが》らせて気色《けしき》ばむ。

「ちょっと失礼なんじゃない？」

「名誉毀損《きそん》。営業妨害。失礼なのは、そっちだ」

女性記者のうわずった声を掻き消すように、美声が断定した。ここぞ、という時にしか喋らない栖川さんが口をひらいたので、女子高生達から変な悲鳴が漏れる。

さすがに女性記者も劣勢を悟ったらしいが、悪びれた様子もなく、槙乃さんと栖川さんの胸についた名札に視線を走らせた。

「南槙乃さんと栖川鉱さん。あなた達は、こちらの和久オーナーに忠誠を誓っているのかしら？　それとも、何か脅されてやむをえず――」

ガシャンと大きな音がした。

和久さんがソファを蹴って立ち上がり、女性記者に摑《つか》みかかろうとしたのを、槙乃さんが正面から抱き止める。けれど、弾丸のような和久さんの力を止めきれず、槙乃さんはそのまま吹っ飛ばされて、床に転がった。

「ちょっと大丈夫？　やっぱりオーナーがヤクザだと、いろいろ物騒ねえ」

「ヤスくんは、ヤクザじゃないです」

槙乃さんは這《は》いつくばったままうめく。

そばにしゃがみこんだ和久さんが「南、もういいって」とかすれた声で制したが、何度も首を横に振って、毅然《きぜん》と顔を上げた。

「帰ってください。あなたに〈金曜堂〉を汚す権利《けが》はない」

そう言い切った槇乃さんは、まだ起き上がることすらできていなかったけれど、その小さな背中を盾にして、お客様や和久さんや栖川さんや僕を懸命に守ってくれているのがわかった。

今の今まで気配を消していた藪北さんが女性記者の前に進み出ると、ボイスレコーダーを取り上げる。女性記者の顔にはじめて焦りが浮かんだ。

「あっ。ちょっと何すんのよ！　あんたもここの店員？」

「私はただの客です。すみませんねえ。客の手が勝手に消去ボタンを押しました」

藪北さんはへらりと笑うと、女性記者に恭《うやうや》しくボイスレコーダーを返した。

女性記者はボイスレコーダーをレインコートのポケットに突っこみ、「全部覚えてるから」と捨てゼリフを残して出ていく。ようやく帰ってくれた。

和久さんと栖川さんに両脇から支えられて立ち上がった槇乃さんは、何よりも先に藪北さんに頭を下げる。

「藪北さん、ありがとうございました」

それから、店内にいた野原高生をぐるりと見回し、また頭を下げた。

「みなさん、お騒がせしました。ご迷惑をおかけしました」

喋る者は誰もいない。高校生達が戸惑っているのが伝わってきた。上りと下りの電車到着のアナウンスが聞こえてきて、空気がほっとゆるむ。我先にと出ていく高校生達を、僕は「ありがとうございました」と魂の抜けた声で見送った。郷土史コーナーへの反応を探る任務をすっかり忘れていたことに気づいたのは、その後だ。

喫茶スペースのバーカウンターに陣取っていた女子高生達もあわててスツールから飛び降りる。その拍子に、彼女達の中の誰かが落としたタオルを、和久さんが拾い上げた。

「おい、落とし――」

振り返った女子高生達は、露骨に顔を強ばらせ、甲高い声で「すみません」と謝る。明らかに怯《おび》えていた。

引ったくるようにして和久さんからタオルを受け取り、そのまま走って店を出ていった女子高生達を見つめ、槇乃さんが唇を噛《か》む。隣で、和久さんが大きなため息をついた。

「南、栖川、それに倉井も、悪かったな」

背を丸めたせいか、いつもよりさらに小さく見える和久さんの言葉に、槇乃さんがゆるやかにウェーブした髪を、手の甲で強く払う。

「謝らないでよ。ヤスくんは何も悪くないよ」

バーカウンターの中で、栖川さんもコクコクとうなずいた。

和久さんは槇乃さんと栖川さんの顔を見て、次いで一人離れた場所にいる僕に視線をくれる。奥に引っ込んだ目はいつもよりずっと小さく、やけにきらきらしていた。段ボール箱に入った、ベタな捨て犬に見上げられている気分になる。

その時、僕はただ和久さんを見返して、笑えばよかったんだ。のんきな坊っちゃんバイトとして。「あー、びっくりした」なんて場違いな明るさで言って。そうしようと思っていた。これがSNS上なら、ちゃんとあたりさわりのない励ましなり冗談なりを飛ばせたと思う。

だけどここは待ったなしの現実で、そこで僕ができたのは、目をそらしてうつむくことだけだった。面と向かって取り繕えるほど、僕は器用じゃない。顔にはたぶん、女子高生達と同じ恐怖と戸惑いが貼りついていたと思う。槇乃さんがあれだけ体を張って守ってくれたのに、僕は和久さんを信じきる強さが持てなかった。ひいては、〈金曜堂〉の書店員達と、本当の意味で仲間になる覚悟が足りなかった。

和久さんの顔にさっと影が差す。金髪の角刈り頭をぽりぽりと掻き、「まいったね」とつぶやく肩は下がっていた。

槇乃さんと栖川さんの視線が痛い。僕は眼鏡のブリッジをおさえ、うつむいたまま小さな声で「すみません、すみません」と何度も謝る。

「何でおまえが謝ってんだよコラ。ったく、これだから坊っちゃんバイトはいけねぇな」

和久さんは空元気の威勢で喋りたおすと、わざとらしく手を打った。

「そうだ。今日はウサギを病院に連れていく日だった。悪いけど、先あがるぞ」

「ヤスくん、待って」

追いすがろうとした槇乃さんを「もう、やめてくれ」と、和久さんは鋭い声で制する。後ろを向いたまま、低い声でつづけた。

「世の中には、生まれつき間違ってる人間がいるんだよ。『長いお別れ』のテリー・レノックスみたいに、何度地図を見ても、裏道に出ちゃうやつが。でも、そいつは自分が間違ってるから、周りも間違っていいなんて考えちゃいねぇと思う。間違ってる自分を受け入れてくれる友達を巻き添えにしてまで、太陽の下を歩いていたいとは思わねぇよ、きっと」

僕は何も言えないまま、そういえば和久さんは『長いお別れ』でのマーロウの最後の選択を「厳しい」とした人だったと思い出す。

――あそこで突き放すことねぇだろ？　誰だって間違うことはあるし、必要に迫られて裏道を歩く時だってある。友達なら少しくらい大目に見てやれっての。

和久さんのあの言葉は、マーロウではなくテリー側に立ってのものだったことに、今、ようやく気づいた。

誰も動けず、何も言えずにいる中、和久さんはいつもより狭い歩幅で店を出ていった。

その夜、雨が強くなった。

*

木曜日、僕は幸か不幸か、アルバイトのシフトが入っていなかった。大学の授業はあったが、休んでしまった。

マンションの部屋から一歩も出ないまま、一日中ネットを徘徊《はいかい》して過ごす。ツイッターや匿名掲示板の書き込みを探らずにいられなかった。

昨日の〈金曜堂〉での騒ぎは、けっこうな数の野原高生達に見られていたから、恰好《かっこう》のSNSネタになってしまうのではないかと危ぶんだのだ。でも、それは僕の醜い杞憂《きゆう》に終わった。どこを見ても——僕の検索技能の限界はあると思うが——騒ぎの一端すらにおってこない。マンモス校の三千人超えの生徒達は誰一人として、おもしろ半分に〈金曜堂〉を売らなかったのだ。

僕はほっとすると同時に、妙な虚《むな》しさを覚えた。何をやってるんだか、と思う。〈金曜堂〉でアルバイトをはじめるまでは、こういう一日の過ごし方は、僕にとってごくごく普通のことだったはずなのに、今はとても虚しかった。

その虚しさの元を辿《たど》れば、ネットの中の顔も知らない人達がする噂話を気にする前に、手を伸ばして触れるところにいる人達との関係を取り戻すことが、今の自分には必要なのだと気づく。自分から和久さんに背を向けてしまったことを、はげしく後悔していた。怒鳴られても、殴られてもいいから、〈金曜堂〉の面々のささやかであたたかいサークルの中に、もう一度入れてもらいたい自分がいた。

明けて金曜日、僕は雨の音で目が覚めた。まだ四時前だったが、昨夜早く寝てしまったので眠くない。暗い想像ばかりして気分が落ちてしまわないように、僕は明かりをつけて眼鏡をかけ、買っておいた文庫本の『家守綺譚』をベッドの中で読みはじめた。掌編といってもいい長さの短編が詰まっているのでさくさく読めて、二限目の授業に間に合うよう起き出す頃には、自然の気に満ちた明治の世を描くこの小説にすっかり染まっていた。雨の音の向こうに、河童や人魚の気配を感じてしまうくらいに。

出かける直前まで見ていたテレビのニュース番組では、『台風』の二文字が何度もテロップで出ていた。九州に上陸した台風5号は、けっこうな速度で本州を縦断するという。直撃だ。

いつもならさっさと自主休講を決めこむところなのに、ラバーコートとラバーブーツで身を固めて、大学までえっちらおっちら歩いていったのは、『家守綺譚』に倣《なら》って、竈門《かまど》キャンパスの周りの自然の気に触れたら、うじうじした僕の気持ちも少しはすっとするかと思ったからだ。

結果的に、気持ちが晴れるどころか、全身びしょ濡れの不快さを感じる羽目になったが、それでも何とか逃げずに講義を受け、その足でアルバイト先に来ることまではできた。和久さ気が重いまま、ガラス張りになった壁に貼りついて、こっそりフロアを見回す。和久さんの姿はない。だんだん胃が痛くなってきた。

「おはようございます」と僕は蚊の鳴くような声で挨拶して、槇乃さんとも栖川さんとも目を合わせずに、バックヤードへ直行する。彼らの同僚であり、野原高の同好会〈金曜日の読書会〉時代からの同級生で、仲間で、大事な友達でもある和久さんに、僕はひどいふるまいをしたのだ。子犬のようにすがってきた彼の前を、素通りした。いや、逃げた。そんな僕が、どの面をさげて〈金曜堂〉で働けばいいんだろう?

深いため息と共にバックヤードへのドアをあけて、僕は「うわ」と声をあげてしまう。目の前に、本の入った段ボール箱が所狭しと積み上がっていたからだ。

「ごめんなさい。昨日から入荷が多くて、荷解き作業が追いつかないんです」

息がかかるくらいすぐ後ろで、槇乃さんの声がする。同時にほのかに甘い香りもして、僕は雷に打たれたように直立した。槇乃さんの不意打ちに驚いたというのもあるが、それとは別に、どうしてこんな状態になっているか理解したからだ。

いつもバーカウンターで文庫本を読んでいるか、営業（自称）のために外出しているかのように思えた和久さんも、朝一番の荷解きでは大車輪の活躍をしてくれていた。〈金曜堂〉になくてはならない人なのだ。槇乃さん、栖川さん、和久さん、誰が欠けても、この店は僕の好きな〈金曜堂〉ではなくなってしまう。

「……和久さんは？」

「お休みしてます。昨日から」

いたって普通の口調で答えてから、槇乃さんは僕の横をすり抜けてバックヤードに入ると、くるりと振り返って手を合わせる。

「とりあえず平台に数冊並べて、なくなったら随時補充していく作戦を取っているの。倉井くんも、平台の残り冊数を気にしておいてもらえると助かります」

「わかりました」

「狭いバックヤードをさらに狭くして、ごめんね。営業時間が終わったら片付けますから」

「僕も手伝います」

うん、とうなずき、槇乃さんは眉を下げてふわっと笑った。

「倉井くんが来てくれて、よかったです」

いけない。そんなやさしい笑顔はいけない。僕は鼻の奥がつんと痛くなる。

「あの、僕、本当に和久さんには――」

どう謝ればいいのか？　謝る方が失礼か？　僕の頭がめまぐるしく回転しだすのをよそに、槇乃さんは背を向けて段ボール箱の中からごそごそ雑誌を取り出しはじめる。そして、いきなり低い声で乱暴に言い放った。

「『俺のことは名前で呼べよコラ』」

「は？」

「高校時代、ヤスくんとはじめて会った時に、言われた言葉です」

槇乃さんはいたずらっぽい笑顔で振り返ると、すっと息を吸い込み、眉をしかめて白目をむき、もう一度「俺のことは名前で呼べよコラ」と言ってみせる。和久さんの物真似《ものまね》らしいが、全然似ていない。むしろ失礼。いや、絶対怒られるパターンのやつだ。

僕は眼鏡のブリッジを中指で押し上げる仕草で、ゆるんだ頰をどうにか隠した。

槇乃さんは、重い真実を歌うように話す。

「『和久』って苗字《みようじ》で呼ばれたくなかったんだと思います」

僕が言葉を選べずにいると、槇乃さんは胸に雑誌を何冊か抱いて、顎をうずめた。

「野原町で和久と言えば、和久興業。どういう商売をしている家なのか、地元の人ならわかってしまいますから」

「……そうですか」

「でも、和久靖幸くんは〈金曜日の読書会〉に来てくれた、本が好きな、ただの高校生でした。今もそうです。〈金曜堂〉で働く、本が好きな、ただの同僚です。違いますか？」

「違いません。その通りだ」

僕は顔を上げて、必死に言う。槇乃さんといると、信じる強さをもらえる気がした。

槇乃さんの細い肩や首、ゆるくウェーブのかかったやわらかそうな髪を見つめる。こんなに華奢《きゃしゃ》な人のどこから、その強さが出てくるのだろう？　僕にはわからない。わからないから、これまでひるんできたけれど、今はわからないからこそ、槇乃さんのことが知りたいと心の底から思った。

「あの、僕も和久さんのこと、これから『ヤスさん』って呼びます。呼んでいいですよね」

槇乃さんは髪を耳にかけながら、「呼んじゃえば？」といたずらっぽく言う。

「はじめてヤスくんのことを『ヤス』って呼んだ人は、『それだと、俺がおまえの舎弟みたいじゃねぇか。やめろコラ』ってすごまれても、ずっと呼びつづけましたよ」

槇乃さんはまたヤスさんの物真似を入れてきたが、今回はそのひどい物真似を笑う余裕がなかった。僕はピンときてしまったのだ。

「ひょっとしてその人、〈金曜日の読書会〉メンバーだった、ジンさんですか？」

人とかかわれなかった栖川さんのはじめての友達になった男。腫《は》れ物扱いだったヤスさんを仲間にした男。そして、槇乃さんを……。

「はい」と短く言った槇乃さんの頰がさっと赤らみ、長いまつ毛が伏せられて影を作る。

——槇乃さんを惚《ほ》れさせた男。

五感以外のどこかの器官——河童や鬼や幽霊と語らうのと同じところなのかもしれない——がひらき、確信が降ってきた。何の証拠もないのに、もう、そうだとわかっている。頭より先に、体が理解してしまった。

槇乃さんの心を占める相手は、彼なのだ、きっと。

槇乃さんは雑誌を抱えたまま僕の脇をさっとくぐり抜け、フロアに出ていった。肩で跳ねた髪から薫る甘いにおいにむせながら、僕はのろのろとモスグリーンのエプロンをつける。肩紐《かたひも》がいつもより締めつけてくるように感じた。

誰かについて知ることが、こんなにも痛みを伴うのは、その誰かを僕が好きだからだ。

——僕は、槇乃さんに恋をしている。

ずっと曖昧にしてきた自分の気持ちをついに認め、僕はおおいに途方に暮れた。

午後七時、野原駅の駅長が顔を出した。蝶林本線の運行が台風で取り止《や》めになったと、知らせにきてくれたのだ。もともと金曜日の夜は臨時列車の関係で終電が早いのと、朝から徐々に強まっていった雨風のおかげで、計画的に帰宅を早めた人が多く——野原高生達も今日は部活動が禁じられたとかで、僕がアルバイトに入る前に一斉下校していた——蝶林本線に限っていえば、乗客の足にさほど影響はないとのことだった。

「だからさ、君達も今日はもう店じまいしちゃいなよ。どうせお客さん来ないいんだから」

人の好《よ》い駅長は、最後に僕らの足の心配までして帰っていった。書店員だけになると、槇乃さんがまず僕の方に向く。その顔にさっきの動揺の跡は見られない。

「私と栖川くんは野原が最寄り駅だけど、倉井くんはたしか竈門ですよね？」

「はい。電車がないと帰れないんで、今夜は〈金曜堂〉に泊めてもらえると助かります」

〈金曜堂〉なら喫茶スペースのソファもあるし、地下書庫に簡易ベッドも整っている。嵐の中、タクシーを使って帰るより、よほど安全で快適に思えた。

「うん。じゃあ、そうしてくださ――」

うなずきかけた槇乃さんの大きな目がさらにみひらかれる。視線は喫茶スペース側の自動ドアに注がれていた。ふっくらとした桜色の唇から「河童」という言葉が漏れる。河童？　僕と栖川さんも同時に、顔を自動ドアの方へと向けた。

そこに立っていたのは、たしかに河童だった――と言いたいところだが、違う。

雨に濡れた薄緑のレインコートがぬらぬら光って体に貼りつき、横殴りの風に少ない髪が吹きつけられて、頭頂部の地肌がすっかり丸見えになり、背中には甲羅のようなハードシェルタイプのリュックを背負っているため、限りなく河童に見えてしまう人間だった。

「藪北……さん？」

僕のおそるおそるの問いかけに、河童的男性はうなずきながら「もう閉店？」と聞き返す。ぺたりを通り越してべったり貼りついた髪から、雨のしずくが何本もの筋となって顔をつたっていた。

「大丈夫ですよ。喫茶でも書棚でもお好きな場所にどうぞ」

槇乃さんが掌を上に向けていざなおうとすると、首を横に振る。

「いや、今日はあなた達書店員に、聞きたいことがあって来たんです」

「何？」

バーカウンターの中で後片付けをしていた栖川さんが、かたい声で尋ね、青い目を光らせた。美形が厳しい顔をすると、本当に迫力があって怖い。

「和久靖幸さんが、昨日から自宅マンションに帰っていないんだ。どこにいるか、知りませんか？　とても急ぎの、大事な話があるんです」

栖川さんの眼力《がんりき》にひるむことなく、藪北さんはすがるように聞いてきた。槇乃さんは上げていた腕をすっと戻し、藪北さんをまっすぐ見つめる。

「藪北さん、あなたは誰ですか？」

え？　まさか槇乃さん、藪北さんの正体が河童だとか、本気で思っています？　などと一瞬でも疑ってしまった僕は、やはり相当めでたいやつなのだろう。

「藪北さんにいただいた名刺の会社を、インターネットなどで調べさせていただきました。同じ名前の会社はありましたが、藪北さんが説明してくれたような事業ではなかったです。電話で問い合わせたところ、藪北勝という社員も存在していませんでした」

「南店長も、ネット検索とかするんですね」

僕が思わず口を挟むと、「え？」と槇乃さんが首をかしげた。

「しますよ、普通に」

どことなく世俗を超越しているように見える槇乃さんも、今この時を、僕と変わらぬ世界で生きているのだと知って、少しほっとする。

藪北さんは貼りついた薄緑色のレインコートの胸のボタンを外し、腕を突っ込んでごそごそしていたが、やがて一枚の名刺を取り出した。

「申しわけない。私の本当の名刺はこっちです」

「……『日刊ホット　記者　藪北勝』」

受け取った槇乃さんが読み上げる。その声の調子から、槇乃さんの頭に、先日の失礼な女性記者が浮かんだことは間違いないだろう。僕も思い出して、気が重くなる。

「お察しの通り、私も先日の女性記者と同じスクープを狙って、大谷正矩と和久興業のかかわりを調べていました。大谷と懇意だったと噂される和久伊蔵さんにつながる道として、孫の靖幸さんに目をつけたのも、彼女と同じです。この店に足繁く通いながら、店のことや、靖幸さんや、同僚のあなた達のことも、いろいろ調べました」

槇乃さんと栖川さんが素早く視線を交わすのを眺めて、藪北さんは露出した頭頂部の地肌を、ぺたりと触った。

「いや、実に不思議な因縁ですね、大谷とあなた達は――」

「今は」と槇乃さんが早口で藪北さんの言葉を遮る。

「その話はいいです。先をつづけてください」

藪北さんは冴《さ》え冴《ざ》えとした表情で槇乃さんを見つめ、うなずいた。

「店員と客としてあなた達と顔見知りになり、言葉を交わすようになって、ネット検索では引っかからないことをたくさん知りました。おまけに遠い昔、自分が他ならぬこの町で、河童に会ったことまで思い出してしまった」

藪北さんの強ばった頬がへらりと崩れた。ハードシェルタイプのリュックをおろし、中から単行本を取り出す。

「ご存知でしたか？『家守綺譚』の冒頭には、《左は、学士綿貫征四郎の著述せしもの。》と書いてあるんです。もちろん本当の作者は梨木香歩さんでしょうが、語り手を担う主人公の綿貫が、自分の見聞きしたことを、先入観も偏見もなく書き留めているという体だ」

藪北さんは大事そうに単行本の表紙をなでて、つぶやいた。

「小説と新聞記事は全然違うものです。でも、私も綿貫のようにまっすぐな文章を書いて、伝える人になりたくて、記者になったんです。それを思い出しました。この町に来て、河童に会ったことを思い出し、あなた達に会って、『家守綺譚』を読んで、ずいぶん長く忘れていた初心まで思い出せたんです。巡り合わせってやつでしょうかね」

そう言って、藪北さんは鼻の横をぽりぽり掻く。

「そもそも私、政治部の記者じゃないんですよ。長く担当してきたのは、もっぱら生活・文化欄。読者のお便りとか、読者が興味を持ちそうな新商品や本や映画や展覧会または人物の紹介とかね、そういうやつ。それが今回、急に政治部にまわされて、スクープを取ってこいって言われちゃった」

「できるものなんですか？」

「できませんよ。取材の仕方から作法からすべて違うし、第一、コネもない」

僕の質問にかぶせるように返して、藪北さんはレインコートの水滴を弾いた。

「本人も周りも、できないって知ってますよ」

「じゃあ、なぜ？」

「……まあ、いわゆるリストラの前段階ってやつですか。会社の役に立たないことを本人に早く知ってもらい、できることなら、自ら速やかに去ってもらいたいという会社側の意思表示。ほら、最近は、正社員を簡単にクビにはできませんから」

へっへっへと、藪北さんは背をかがめ、息を漏らすようにして笑う。家族がいるのにリストラ寸前だという、以前語ったプロフィールは本物らしい。

「私としては、ふぬけなりに、ここで何とかスクープを物にしてやりたいところです。あ、えっと、ここで言うスクープは、和久靖幸さんや和久興業を救うためのスクープですよ。

大谷議員とつながりがあるのかないのか、たしかめたい。つながっていないなら、その真実をちゃんと公表したいし、つながっていたらいたで、その本当の理由と関係を書きたい。

きっと読むべき真実が潜んでいるという確信があるんです」

「なぜ確信できる？」

栖川さんの鋭い問いかけに、藪北さんは頭頂部の地肌をぴしゃりと叩いた。

「私の第六感ですよ」

冗談だとしたら寒いし、本気だとしたら怖いことを言いながら、藪北さんは僕らの視線を、へらりとした表情でかわす。

するど、ずっと黙って藪北さんの話を聞いていた槙乃さんが、静かに尋ねた。

「『家守綺譚』の綿貫さんのように、まっさらな目で見て、書いてくれますか？」

藪北さんは表情をあわてて引き締め、小さくうなずく。しばらく間が空いた後、槙乃さんが「じゃ、行きましょう」と、レジカウンターへ向かって歩き出した。

「え？　どこへ？」

「伊蔵さんと会うために、ヤスくんを探しているんですよね。ちょうどいいです。今、二人はいっしょにいますから」

「居場所を知ってるんですか？」

僕と藪北さんの声が揃うと、槙乃さんは「はい」とおかしそうにうなずいた。

「というか、ここが居場所です」

そう言って、床を足でトンと踏みならす。まさか、と僕は自分の足元に目を落とした。

「〈金曜堂〉の地下書庫に……？」

「え？　地下書庫ってネタじゃなかったんですか？　跨線橋《こせんきょう》から地下にどうやって行くんです？」

槇乃さんと僕のやりとりを聞いて、さらにわけがわからなくなっているらしい藪北さんを置いて、槇乃さんはふたたび歩き出す。レジカウンターをくぐって、バックヤードへのドアノブを握ったところで、栖川さんがいつもより少しあわてて問いかけた。

「南、この記者を信じるのか？」

「うん」

「どうして信じられる？」

「女性記者さんが来た日、藪北さんは私達、書店員の味方になってくれました」

「そうやって安心させて、騙《だま》して、都合良く利用するつもりかもしれない。自分の野心のために。あいつみたいに」

背中を向けたままの槇乃さんの肩が、一瞬震える。やがて、静かに振り向いた。

「藪北さんは、あの人とは違います」

「どうして言い切れる？」

「『私の第六感ですよ』」

槇乃さんは藪北さんの似てない口真似をすると、にっこり笑った。

＊

バックヤードの床にある扉をあけた瞬間、すべての光がすとんと消えた。

入りづらい電波を懸命に拾いながらスマホで収集した情報によると、関東地方一帯で停電が発生しているらしい。

「もともと暗いところに入る予定でしたから」と槇乃さんは取り乱すこともなく、懐中電灯を持って地下へと降りていった。藪北さん、僕、そして店を施錠したり、ブレイカーを落としたり、コンセントを抜いたりしてきた栖川さんが遅れてつづく。

フロアにいるとまるで聞こえない雨や風の音が、地下への通路では大きく響いてくる。台風の真っ只中《ただなか》にいることを、いやでも意識させられた。

懐中電灯の明かりの落ちるところ以外は闇が満ち、短めの階段が断続的につづく。

「右に左に折れ曲がるから、降りているうちに方向感覚を失いますね」

藪北さんは律儀に実況しながら、「距離感覚もなくなってくる」と小声で付け足した。そうかと思えば、曲がり角でいきなり悲鳴に近い声をあげる。

「うわ。今、私の首に誰かの手が！」

「誰も触っていませんよ。ねえ、倉井くん」

「はい。誰も」

「嘘《うそ》だ。絶対触ったでしょう？　怖がらせないでください」

「河童に会ったくせに、怖がらないでください」

「河童が怖くなかったからって、怖いものがないわけじゃないんだ！」

傍《はた》で聞いていると、のんきというか、かなりくだらない言い争いだ。僕は肩をすくめて、懐中電灯の丸い光を頼りに、階段の段差を見誤らないよう進む。

「はい。次が最後の階段です。終わると思えば終わりますし、つづくと思えばつづきます」

槇乃さんはそんなことを言ってまた藪北さんを震え上がらせながら、細くて長い階段を降りていった。てんでんばらばらの足音が、不規則なリズムを刻む。槇乃さんは最後の栖川さんまで階段を降りきったのを確認してから、スイッチを入れた。が、何も変化はない。

「しまった。停電中でした」

本来なら何十本かの蛍光灯がまたたいて、〈金曜堂〉の地下書庫が一気にお目見えするところだが、今夜は残念ながら懐中電灯の光を集めて、一部分ずつしか見せることができない。それでも藪北さんは十分に驚いてくれた。

「えっ。あれ？　もしかして？」と息をのみ、懐中電灯の光を右へ左へぶんぶん振る。

「ここ、電車のホームじゃないですか！」

「はい。〈金曜堂〉は、戦争で実現しなかった幻の地下鉄野原駅ホームに、しかるべき改良を加えて、書庫として再利用しているんです」

槇乃さんの説明を受けて、藪北さんは懐中電灯で低い天井に張り巡らされたむきだしのダクトを照らし、ホームにずらりと並んだアルミ製の本棚を照らし、長細いホームを照らし、どこにもつながっていない線路を照らす。

「こりゃ、たまげた。不思議な眺めだ。資金はどこから？　和久興業ですか？」

驚きながらも、読みは鋭い。槇乃さんが少し迷ってから「そうです」とうなずいた。藪北さんは何度もうなずき、じっと考えている。へらりとした曖昧な表情を封印し、眉根を寄せたまま「それで、伊蔵さんと靖幸さんは？」と槇乃さんに尋ねた。僕も槇乃さんを見つめる。〈金曜堂〉の店でヤスさんを見なくなってもう二日だ。二日間も、こんな狭いホームのどこに隠れていられるというのだろう？

「それは、ですね」と言葉を切って、槇乃さんはホームの薄れた白線の外側までまっすぐ歩いていく。電車は永遠に来ない地下ホームだとわかっていても、はらはらする眺めだ。

地下ホームにも通路ほどではないが雨の音が聞こえてくる。僕が懐中電灯の光を雨音のする方に向けた一瞬の間に、ザンッと何かが落ちる音がした。

「南店長？　大丈夫ですか？」

　僕は夢中でホームのはじまで走り、走りすぎて、気づいた時にはホームが終わっていた。おのずと、線路に向かってダイブしてしまう。そして空中で体勢を崩し、もがきながら、やっと暗闇に慣れた目で見たのだ、何事もなく線路にちゃんと着地している槙乃さんを。どうっと横倒しになりながら、僕は線路の上に落ちる。枕木の下に敷かれたコンクリートに腰をしたたか打ちつけて、息が一瞬吸えなくなった。

「倉井くんこそ、大丈夫ですか？　何かにつまずいちゃったの？」

　槙乃さんに引っ張り上げてもらいながら、僕は激しく咳きこみ「すみません」と何度も頭を下げる。その場でジャンプしたり、体中をなでたりさすったりしてみたが、体の痛みは感じない。腰も何とかなりそうだ。ただ、心が痛い。痛すぎる。

「怪我はなさそうですね」

　槙乃さんが懐中電灯で僕を照らしてくれながら、ほっと息をつく。その後ろに、いつのまに降りたのか、藪北さんと栖川さんが線路の上に立っているのがぼんやり見えた。

　僕と目が合うと、藪北さんはへらりと笑って手をあげる。

「やあ、無事で何より。倉井くんを反面教師に、私達は安全第一で降りましたよ」

「……賢明な判断です」

　僕が打ちひしがれて答えると、栖川さんがすっと下を向いた。肩が細かく震えている。

笑っているのだ。

ようやく落ち着くと、僕はあらためて線路の先を左右交互に見た。どちらもトンネルにつづいている。ただ、その先は途切れていると聞いていた。

僕が問題なく歩けることを確認すると、槇乃さんは左側に向かってゆるやかにカーブしているレールの上を歩き出した。

「そっちは行き止まりなんじゃ？」

僕の声がうわんと反響する。槇乃さんが足を止める気配はない。僕は唇を結んで、後に従った。

＊

闇にすっぽり包まれたトンネルの中を歩きつづけていくうちに、方向感覚がなくなる。時間の感覚も怪しくなってくる。考えはとりとめなく流れ、しまいには、自分の存在自体をあやふやに感じてしまう。

ふいに槇乃さんの声がした。

「天井がどんどん高くなっていってるって、知ってました？」

「知りません」

僕と藪北さんの声が揃う。足元を照らすので精一杯なのだ。とても天井を見上げる余裕はなかった。

槇乃さんが黙りこむと闇がより深くなる気がして、僕はあわてて言葉を足す。

「何のために、地下鉄のトンネルにそんな仕掛けを？」

「あ、いえ、このトンネルは、地下ホームを書庫としてリノベーションした際に作ったものなんです。だから地下鉄のためではなく、〈金曜堂〉のためのトンネルで……」

槇乃さんは言葉を切り、みずからの拳を懐中電灯で照らして、前に突き出した。ゴツッと鈍い音がする。

「もっと言うと、リノベーション費用をもってくれたオーナーのためのトンネルです」

「あれ？　ひょっとして――」

僕の隣で、首をひねりながら藪北さんが両手を前に出して、闇に踏みこむ。そして「やっぱり」と叫んだ。

「ここ、空間じゃない。闇がつづいているみたいだけど、壁ですよ。真っ黒に塗った壁だ」

僕はとっさに槇乃さんを照らす。槇乃さんはしゃがみこんでレールを触っていた。そこにある何らかのスイッチを押したようだ。間髪を容《い》れず、リンゴーンとチャイムが鳴り響く。

――誰だコラ？

レールから、ノイズのまじったヤスさんの声が聞こえた。インターホンらしい。

「南です。それから倉井くんと栖川くん、藪北さんもいるわ」

「ヤスさん」と僕は槇乃さんの後ろから、思い切って声を張り上げた。

「倉井です。あの、先日は本当に、その、ごめんなさい！　僕はもう、何ていうか――」

槇乃さんが立ち上がってくるりと振り向き、僕の肩を「どうどう」とおさえる。そしてまたレールのインターホンにかがみこんだ。

「倉井くんはさておき、藪北さんがね、ヤスくんと伊蔵さんに会いたいって。会って話を聞いて、真実を書きたいって言うから、連れてきたんだ」

ヤスさんがすっと息を吸いこむより早く、槇乃さんは「きっと私達の力になってくれると思ったから」と付け加えた。

――やっぱり、マスコミのやつだったか。

ヤスさんの大きな舌打ちが聞こえたかと思うと、地響きを立てて、目の前の闇もとい黒い壁が左に滑った。太陽光のようなまばゆい光が一気に漏れて、僕は思わず後しざる。目をひらいていたくても、まぶたが勝手におりてくる。何も見えない。

「ここは？」と藪北さんがあげた声に、誰かが答えた。

「和久家の別荘だ」

ひどいしゃがれ声で、息を吸うたびに喉が鳴っている。ヤスさんの声ではない。

おそらく僕と同じように目がまだ光に慣れていない藪北さんが、うめくように尋ねた。

「もしかして、あなたは和久伊蔵さんですか？」

「ああ」

ヤスさんのお祖父《じい》さんか。僕は無理矢理目をひらいて、声のする方を見た。

「最近、近辺が少々うるさくてな。地下に避難している。上は停電中らしいが、ここは自家発電だから問題ない」

ようやく目が慣れ、伊蔵さんの姿がはっきりする。視界にまず飛びこんできたのは、くわっとみひらいた大きな目と立派な髭《ひげ》だった。オールバックにして一つに結んだ長髪共々、髭も真っ白だ。萌葱《もえぎ》色の作務衣《さむえ》を着ているせいか、陶芸家や日本画家の類に見える。身長はヤスさんと同じくらいだから、けっして大きい方ではないが、背筋がすっきり伸びて、迫力と存在感が際立っていた。

そんな伊蔵さん自身にも気圧《けお》されたが、伊蔵さんの後ろに広がるシュールな眺めに、僕は絶句してしまう。

線路の上に、瓦屋根の二階屋が建っていた。

何の変哲もない家だからこそ、建っている場所の異様さが引き立つ。どこにもつながっていないはずの、幻の地下鉄のレールは、日本家屋につながっていたのか。

僕と藪北さんは、並んで同じような顔をしていたのだろう。伊蔵さんは腕を組んで、得意そうに胸をそらした。

「〈金曜堂〉の書庫に出資する際、ついでに作らせたのよ、俺なりの地下シェルターってやつを」

「シェルター？　これが？」

文句あんのか？　と伊蔵さんに顔を突き出され、僕はあわてて首を横に振る。

「ふん。まあ、俺もシェルターって呼び名は好きじゃねぇ。あくまで地下にある別荘のつもりだ」

「すごいですね。野原町に地下鉄の線路があったことだけでも驚きなのに、こんな……別荘まで線路の上にあるなんて――」

うわずった声で言って瓦屋根を見上げる藪北さんを、眼光鋭く睨みつけ、伊蔵さんは「このことは書くなよ」とドスを利かせる。

「大和北旅客鉄道のお偉いさんと〈金曜堂〉の連中以外に教えるのは、はじめてだ。まして記者なんぞに教えるつもりはさらさらなかった。ここを出たら忘れろ。いいな？」

藪北さんはへらりと流して、「あがらせてもらっても？」と玄関の格子戸を指さした。

外から見て普通の日本家屋は、中も普通だった。変なのはあくまでも建っている場所なのだ。

　上がり框《かまち》で靴を脱ぎ、ミシリと鳴る板張りの床を踏みしめて短い廊下を進んでいる時に、藪北さんが振り返って槙乃さんにささやいた。

「この家は、あれですね。私の想像していた、綿貫征四郎が家守をする二階屋そのものです」

「私も今、そう思っていました」と、槙乃さんが両手をあわせて目をかがやかせるので、思わず「あ、僕も」と口を挟んでしまう。

「イエモリ？　何だそれ？」

　先を歩いていた伊蔵さんが襖《ふすま》の引き手に手をかけながら、振り返った。ひらかれた先にあった和室は八畳ほどで、床の間があり、掛け軸がかかっている。綿貫征四郎の二階屋では、掛け軸が幽玄界とつながり、綿貫の大切な亡き友人、高堂を現世にいざなってくる役目を果たすゆえ、僕らは「おお」と同時にどよめいてしまった。

「何が『おお』だよ。バカか、おまえら。日本家屋に和室があるのも、和室に床の間があるのも、床の間に掛け軸がかかっているのも、別に不思議じゃねぇだろコラ」

　伊蔵さんの横でずいぶん神妙にしていたヤスさんだが、耐えきれなくなったのか、いつもの調子で喋りたおす。ただ、目は合わせてくれない。そんなヤスさんの肩をなだめるように、だけど、ずいぶん強い力で叩いて黙らせると、伊蔵さんは槙乃さんをまっすぐ見た。

「また本の話か？」

その言い方には、呆《あき》れ半分に子供を眺めるような、今までにない親しみがこめられている。

「はい。『家守綺譚』という小説です。小説の中では木が恋をしたり、花が龍《りゅう》の子を宿したり、カワウソの子孫が商売していたりと、四季折々の不思議な存在との交流がつづくのですが、その中に河童も出てきて――」

どこまでも喋りつづけようとする槙乃さんを手で制し、伊蔵さんは座敷の奥に座る。そして僕らに向かい側に座るよう、目で命じた。ヤスさんが押し入れから座布団を出してくれる。ふかふかに綿の詰まった紫地の絹の座布団は、ひんやりして心地よかった。

「河童、と言ったか？」

全員が腰を落ち着けたのを見届けてから、伊蔵さんが口火を切る。これから黒い交際疑惑に切り込もうとしているのに、思いがけない単語に食らいつかれ、藪北さんから「はあ」と息が漏れた。僕と栖川さん、そしてヤスさんも、ここまで来てはぐらかされた感は否めず、黙りこんでしまう。

しかし、槙乃さんだけは一人、嬉々《きき》として身を乗り出した。

「そうです。河童が出てくるんですよ。読みたくなりました？　よかったら、今度買いに来てください。今なら、〈金曜堂〉でたくさん取り扱っていますから」

くふふと笑ってから、槇乃さんは「あ、そうだ」と、思い出したように手を叩く。

「河童といえば、こちらの記者さんは幼い頃、奈々実川でヤスくんそっくりな河童に会ったことがあるそうですよ。ねっ、藪北さん」

「え？　あ、ああ、はい、まあ、あの、それより今日は――」

藪北さんは気もそぞろに自分の質問をぶつけようとしたが、伊蔵さんのしゃがれた大声に掻き消された。

「本当か？　本当に見たのか、河童を？　奈々実川で？」

「あ、はい。そうですね。私は今もそう信じていますが」

藪北さんが話をつづけることを諦めた様子でうなだれると、いきなり伊蔵さんが立ち上がった。勢いよく藪北さんの前まで行くと、膝を折り、その手をがっしり握りしめる。

「俺もだ」

「え？」

藪北さんだけでなく、僕、栖川さん、ヤスさんが声を揃えてしまう中、伊蔵さんは天井を向いて、ガラガラとしゃがれた高笑いをした。

「俺も、河童を見たことがあるぞ。俺が見たのも、靖幸そっくりの河童だった。それから何十年も後になって、孫の顔を見て飛び上がったもんだ」

「『河童だ！』って？　私もそうです。〈金曜堂〉で靖幸さんをはじめて見た時、自分が何でここにいるか忘れるくらい、興奮しちゃいましたもん」

伊蔵さんの筋ばった手を、思わず握り返した藪北さんに向かって、ヤスさんが「おいコラ」と声をかけたが、盛り上がった二人はもう止まらない。

「靖幸さんのおかげで、自分がかつて河童に会ったことがあるって、思い出せた気もします」

「たしかに。俺もそうかもしれん。ああいう体験の記憶は、失《う》せるのが早いからな」

ヤスさんは伊蔵さんの斜め後ろに座布団なしで控えていたが、槇乃さんを睨みつけ、小声でつぶやく。

「何でじいちゃんが河童と会ったことを、南が知ってんだ？　いつ知ったコラ？　俺だって知らなかったのに」

「私が一番つらい時期に、伊蔵さんが教えてくれたんです。『野原の土地は、何でもありだ。俺は河童だって見た。気骨のある魂なら、きっとまたこの土地で会えるだろう』って」

槇乃さんは微笑みを浮かべたまま、淡々と答えた。ヤスさんがはっとした顔で口をつぐむのが見える。怒りもむかつきも消えたらしく、それ以上何も追及してこない。でも僕は気になった。聞きたかった。槇乃さんの一番つらかったことって何ですか？　と。だけどその質問が、槇乃さんをさらにつらくさせることを恐れて、結局、聞けなかった。

「《気骨のある魂》って単語は」と藪北さんが話に入ってくる。

「『家守綺譚』のリュウノヒゲという話の中でも出ていましたよ。主人公の近所に住む、おかみさんが言い放つんですよね、たしか。

《死んでいようが生きていようが、気骨のある魂には、そんなことはあまり関係がないんですよ。》って」

「そうなのか」と伊蔵さんは目をむくと、ヤスさんに手を差し出した。男性にしては小さな手だったが、指をめいっぱい広げているので、大きく見えた。

「靖幸は持ってないのか、その本？　俺も読みたい」

「高校時代に、読書会で読んだから持ってるけど、俺はあんまり――」

「おまえの趣味は聞いてねぇ。俺が読みたいんだ。今度、家から持ってこい。もしくは、〈金曜堂〉で買ってこい」

「わかったよ」

あのヤスさんがたじたじとなっている。

孫と本の約束をとりつけると、伊蔵さんはようやく自分の座布団に戻って座り直し、背筋を伸ばした。

「喋るぞ」

「え？」

「河童がとりもつ縁だ。おまえに、和久興業と大谷正矩の関係を喋ってやる。全部喋るからよく聞いて、後は煮て食おうと焼いて食おうと、おまえの好きにしろ」

「え」を繰り返しながら、藪北さんはカメの甲羅のようなハードシェルリュックから、あわててボイスレコーダーやタブレットやメモ帳やノートパソコンを、わらわらと取り出す。畳の上に並んでいく記者の七つ道具を見ながら、僕は、藪北さんがネットに出回っている噂にまで通じていた理由に、やっと納得がいった。餅は餅屋って、そういうことなのだ。

「黒だか赤だか知らねぇが、大谷とウチとの噂は昔からあるんだ。だが、一度も本当のことだったためしがねぇ。それが噂の噂たる所以《ゆえん》なんだろうと放っておいたのは、俺のちっぽけな沽券《こけん》のせいだ。些細《ささい》な見栄が時代を経て、噂に箔《はく》とゆがみをもたせ、いつのまにか会社と家族の首を絞めていた」

伊蔵さんが藪北さんに聞かせる体をとりながら、自分の後ろに控えるヤスさんに話しかけているのがわかる。ヤスさんもわかったのだろう。ギュッと身を縮めて、前のめりになる。

藪北さんはそんなヤスさんをちらりと見ながら、ボイスレコーダーのスイッチを入れた。

「では、まず、現在の大谷官房長官と和久興業のつながりは？」

「ない」

伊蔵さんの答えはシンプルだ。藪北さんの問いかけも短くなる。

「過去には？」

「あったな」

ヤスさんが大きく息を吐いた。僕の心臓もぎゅっと縮まり、ヤスさんの顔が見られない。

「どういうつながりでしょう？　私が聞いた話ですと、衆議院議員になったばかりの大谷議員を和久興業が脅し、結果、大谷議員は和久興業の息のかかった業者に便宜を図って、野原町に国道を作らせたということですが――」

「国道なんか作らせるか。俺は、奈々実川の埋め立てに最後まで反対したんだぞ」

河童の住む川を潰させるわけねぇだろ、と憤慨した伊蔵さんの顔は、嘘をついているようには見えなかった。

「では伊蔵さん、あなたと大谷官房長官……いえ、当時は一年生議員だった彼との間に、どんなやりとりがあったのですか？」

核心を突く質問に、伊蔵さんの口がまっすぐ結ばれる。やがて、ひゅうひゅうと苦しげな息を漏らしながら、人差し指で床を示した。

「地下鉄だ」

しゃがれ声のその答えを聞いた瞬間、誰も言葉を発しなかったが、みんな同じ表情をしていたと思う。地下鉄？　何それ？　という顔だ。

「戦前、大和北旅客鉄道……当時は大鉄と呼ばれていた会社だが、そこにかけあって、地下鉄を敷こうと企てたのが、俺の親父《おやじ》だ。山師だ何だって言われた人だったがな、野原村という土地を本当に愛していて、この村がこれから豊かになるためには、東京と近くならんといかんと考えていた」

「それで、地下鉄ですか」

「そうだ。山師の言うことを鉄道会社が聞いてくれるわけねぇってんで、ちゃんと和久興業って会社を起《た》ち上げて、事業実績を作ってから地下鉄計画に取り組んだらしいぞ。俺はそんな親父が誇りだった」

伊蔵さんはしゃがれた声を振り絞るように、咳をした。

「もう少しだったんだ。戦争さえなければ、親父は計画を完遂していたはずだ。あの戦争さえなければなあ」

座布団の房をいじりながら、伊蔵さんは嘆息した。槇乃さんがヤスさんに口の形だけで（知ってた？）と尋ねると、ヤスさんは力なく首を横に振る。

「戦後、白紙化した計画を、もう一度実行する金も気力も体力も、親父には残っていなかった」

やがて父親が亡くなり、若くして和久興業を継いだ伊蔵さんは、会社を軌道にのせ、大きくすることに尽力したそうだ。

「時代は高度経済成長期と言ってな、働けば働くほどちゃんと金が入る、いい時代よ。オリンピックがひらかれて、新幹線が走って、ますます東京は大きな町になっていった」

一方で時代から取り残されていく野原村を見た時、伊蔵さんの心に灯がともる。

「親父の遺志を継いでやろうって思ったんだ。いや、死してなお野原に留《とど》まった親父の魂に操られたのかもしれん。何せ親父は《気骨のある魂》の人だったからな」

伊蔵さんの言う通り、目の前で語られるヤスさんの曾祖父《そうそふ》は生き生きとしていて、百年も前に生まれ、六十年も前に死んでしまった人とはとても思えなかった。ここと地続きの場所で、今も生きている気がする。《気骨のある魂》という言葉を、僕は実感した。

「だが俺も年を取る。欲が出て、勘が鈍り、まっすぐな目が保てなくなった。結果、和久興業を、親父の代よりずっと野原町で名の知れた会社にしたが、いくつかの曲がり角を曲がり損ねて、親しまれるというよりは、恐れられ、憎まれ、恨まれる会社にもしてしまった。ほとぼりを冷ますための別荘が必要な会社にな」

いよいよ地下鉄の計画に手を付けた時、和久興業は地元の商店や企業あるいは個人宅にも協力を依頼したらしい。地元に深く根ざした、力を持つ者からの強引な依頼は、脅しとも言う。伊蔵さんはそのことを否定しなかった。ヤスさんは黙って頭を垂れる。おそらく、野原町の人達が今、和久興業に抱くイメージは、この時すでにでき上がっていたのだろう。

長い沈黙の後、藪北さんが気を取り直したように咳払いした。

「ええと、では、和久興業が大谷正矩に持ちかけたのは？」

「地下鉄誘致計画だ。東京の地下鉄を、野原まで延伸してもらおうと思っていた」

　地元からの寄付金を差し出し、何卒《なにとぞ》と頭を下げた伊蔵さんに対し、大谷議員はたしかに地下鉄計画を進めることを約束したという。

「だけど、違った？」

「ああ」とうなずき、伊蔵さんは苦しそうに息をついた。喉がぜえぜえと鳴っている。

「あいつは最初から、国道狙いだったんだ。俺が提出した寄付金リスト先を一件ずつ当たって、地下鉄より国道に資金を優先させるよう念書を取りつけ、俺が気づいた時にはもう、正々堂々、法律には一切触れずに金も人も分捕《ぶんど》って、自分の思うとおりに運んじまった後だった。『野原町はウチが仕切ってる』なんて息巻いていたくせに、俺は青年政治家にまんまと一杯食わされたってわけだ」

　伊蔵さんは、和久興業の社員や地元のみんなに「騙された」と言うことができなかった。

「沽券にかかわると思ったんでな」と声を立てずに笑う。

　寄付金集めが強引だったため、大谷議員の騙し討ちに近い仕打ちに対しても、表立って騒ぐことができず、伊蔵さんは悶々《もんもん》としつつも地下鉄誘致計画を白紙に戻すしかなくなった。大谷議員の国道案を聞いて、みずから折れた形を取ったのは、自分の見栄だと語る。

「和久興業と大谷正矩のつながりは、それだけだ。俺が勝手に近づき、勝手に騙された。と言っても、金はもともと俺のもんじゃねぇし、国道ができて、野原町の人間がどんだけ助かったか知ってるから、文句も出ねぇ。やましい関係なんて、端《はな》から作らせてもらえなかったんだよ。これが真実だ。河童を見たってことと同じくらい、信じがたいかもしれんがな。おまえんトコの新聞が、大谷のことを擁護したいのか蹴落としたいのか、俺は知らん。知りたくもない。だが、書くならありのままを書け。約束だぞ」

伊蔵さんは最後にそう言って背筋を伸ばし、小指を立てた。その指の付け根には、みみず腫れのような傷跡が、ぐるりと回っている。藪北さんは一瞬息をのんだが、すぐにへらりと笑って小指をからませた。

「指切りげんまんなんて、久しぶりです」

「約束破ったら、そのにやけた口に、針千本突っ込むからな」

伊蔵さんのしゃがれ声に、凄《すご》みが加わる。傍らで聞いていた僕が、びくりと肩を震わせたら、「冗談だ、バカが」と伊蔵さんは天井を向いて笑った。ずいぶん長い間、笑っていた。

藪北さんは記事を書くため、二階の部屋を貸してもらうことになった。

後から聞いたら、文机《ふづくえ》がぽつんと置かれたきりの畳部屋で、綿貫征四郎の書斎を思わせる造りだったようだ。

残った伊蔵さんと僕と槇乃さんと栖川さんは、ヤスさんがわざわざ部屋を出て、いれてきてくれた煎茶《せんちゃ》を飲む。障子窓の外が真っ暗な地下だなんて夢にも思えない、普通の和室での憩いのひとときだった。

お茶を配るのもそこそこに部屋から出ようとしていたヤスさんを、伊蔵さんが呼び止める。

「靖幸、おまえの親父が何と言ってるか知らんが、俺はおまえが本屋商売をはじめると聞いて、嬉しかったぞ」

「じいちゃん、俺は――」

ヤスさんは襖の前で振り返り、何か言おうとしたが、伊蔵さんが引き取った。

「ひょっとしたらおまえの代で、和久興業をまた、地元のためにある会社に戻せるかもしれんと思ったからだ。それに何より」

伊蔵さんは湯呑《ゆの》みを膝に置いて、障子窓を透かすように目を細める。

「俺の親父も俺も頓挫したこの地下を、書庫として使ってくれたことがありがたかったんだ。和久の血が全部報われた気がした。大げさだろうけどな、言わせてくれ。ありがとう」

伊蔵さんは湯呑みを畳に置き、両手をついてあらたまって頭を下げる。真っ白な髪はまだふさふさしていたが、その姿は紛れもなく老いた人間だ。一歩ずつ、間違うことがあっても自分の時代を歩きつづけ、進んだ分、きっちり疲れてきた人間の姿だった。

畳の上についた伊蔵さんの小さな手は、やっぱりめいっぱい指が広がり、大きく見える。

そうやって、自分と自分の会社を大きく見せなければいけない時が多かったのだろう。

しんとした空気を切り裂くように、大きな音を立てて襖がひらき、ヤスさんが出て行く。

あわあわと中腰になった僕の背を、槇乃さんがそっと押してくれた。

「倉井くん、ヤスくんをお願い」

「はい」

それで僕はようやく覚悟を決めて、ヤスさんを追う。今度こそ、もう間違えない。近づくのだ、自分から。

ヤスさんと何を話せばいいのか、正直まだ何も思いつかず、怖かったけれど、背中にいつまでもやわらかく残る槇乃さんの手の感触が、僕の足を進めさせた。


ヤスさんの気配を探して辿り着いたのは、廊下の奥にある小さな台所だった。「お勝手」と呼ぶ方がしっくり来そうな古風な造りだ。電球のぼんやりした明かりの下、うずくまるヤスさんの背中が見えた。

「泣かないでください」

僕がとっさに叫ぶと、「あぁっ？」と眉根を寄せて振り向かれる。ものすごく怖い顔で睨まれた。

「誰が泣いてんだコラ」

「いや、あの……あ、ウサギ」

ヤスさんが立ち上がると、隠れていた横長のケージが覗《のぞ》き、ふわふわの生き物が見える。

「ウサギもいっしょに連れてきていたんですね」

「当たり前じゃねぇかよ。俺の家族だぞ」

そう言って、ヤスさんはまた背中を向けてしゃがみ、ケージの中を覗き込んだ。

「簡単に切れねぇよ、家族は」

ヤスさんの独り言のようなつぶやきが聞こえたのか、オレンジ色の毛並みを持つウサギが後ろ脚で立ち上がり、鼻をひくひく震わせる。

僕が言葉を探していると、ヤスさんが背中を向けたまま、先に口をひらいた。

「じいちゃんは、ああ言ってくれたけど……俺、本当は『和久興業』の名前も商売も捨てようとしたんだ。四代目を継ぐなんて冗談じゃねぇって、学生の頃からずっと思ってた。和久って名前から離れたくて、和久の人間から遠ざかりたくて、〈金曜堂〉をはじめたようなもんだ。ひでぇだろ」

ヤスさんが自分を蔑《さげす》むように吐き捨てるので、僕は首を横に振る。

「いいえ。別にひどいとは思いません。僕も、そういう気持ちになる時が多々あります」

「……そういえば、坊っちゃんバイトも四代目候補だったな」

ヤスさんはそう言ってしばらく黙りこんだ後、けけけと笑った。いつもよりはだいぶ弱々しい悪魔の笑いだ。

「家業に関して、僕はまだ答えを出せていません。でも、ヤスさんは〈金曜堂〉という一つの答えを出した。そしてその答えを、伊蔵さんが喜んでくれている。よかったじゃないですか。胸をはっていいと思います。ていうか、僕から見たら羨ましいかぎりです、本当に」

「そんな簡単に認めたり赦《ゆる》したりすんな。甘いんだよ、坊っちゃんバイトは」

「すみません……」

僕がうつむくと、ヤスさんはケージの中に手を入れて、耳の垂れたウサギのおでこをぐりぐりなでながら言った。

「デュークだ」

「は？」

「だからっ、ウサギの名前。デューク」

僕の方を絶対見ようとはしないまま、ヤスさんは弾丸のように話し続ける。

「江國《えくに》香織《かおり》の『つめたいよるに』って短編集に出てくる犬の名前をもらったんだ。ウチのデュークはメスだけどよ、いいだろ？　デュークって名前の、メスのウサギがいたって」

「は、はい。いいと思います」

僕が眼鏡をずらしつつ直立不動で答えると、ヤスさんはにやっと笑って、やっと振り向いてくれた。

「デュークの名前をよそに漏らしたら、しばくからな」

「よ、よそって？」

「〈金曜堂〉のメンツ以外だコラ！　南と栖川以外、動物病院の先生にすら、『ウサギ』で通してんだからよ」

ウサギの名前をそこまでトップシークレット扱いにする意味あるのか？　という疑問は、「〈金曜堂〉のメンツ」に入れてもらえたことの喜びが大きすぎて、吹き飛んでいく。

「絶対、よそでは言いません」

僕は唇をジッパーに見立てて、しめる真似をしてみせた。

＊

台風一過の空は、どこまでも青い。これから本番を迎える梅雨を一時忘れさせてくれる青さだった。

〈金曜堂〉では、野原高生からの好感触を得た郷土史コーナーが、いよいよ本格的にお目見えした。ＰＯＰ《ポップ》に書かれた槙乃さん渾身《こんしん》の力作コピーは、『野原町には、河童がいたんです』。これは、栖川さんの描いた脱力系イラストの河童共々、高校生の興味を存分にひいたようだ。地元の民話サークルがずいぶん昔に自費出版した『野原の昔話』が、異例の売れ行きを見せていた。

自動ドアがひらき、てらてらのソフトスーツを着たヤスさんが入ってくる。「あちーよ。ふざけんな、梅雨」と季節にまで当たり散らして、金髪角刈りの頭を手でぱたぱた扇《あお》いだ。

客の波が引いて、次の電車が到着するまで、喫茶コーナーで一息ついていた槇乃さんが「ヤスくーん」と手を振る。その手に握られているのは、日刊紙だ。

「藪北さんの記事が出てるよ」

ヤスさんの狭い額にぴしりと亀裂が走ったように見えたが、それは一瞬のことだった。「おう」と胸をそらして、ことさら外股になってやって来る。槇乃さんから受け取った日刊ホットをバーカウンターに広げて「読んでやっか」と覗きこんだ。

僕と栖川さんはすでにその記事を槇乃さんから読ませてもらっていたが、もう一度いっしょに読む。

『大谷氏を刑事告発』という大きな見出しを見て、予想通りヤスさんは叫んだ。

「大スクープじゃねぇか」

たしかに、その記事が冒頭ですっぱ抜いていたのは、大谷官房長官があっせん利得処罰法違反の疑いで東京地検に刑事告発されたという、インパクトのある情報だった。

それだけでも起死回生のお手柄記事だろうが、藪北さんの文章は、そこからが本番だと言わんばかりにつづいていく。

かつて、大谷議員が地元の町で何に対しても恥じることのない行いをして、国道を作ったこと。黒い交際はなかったこと。むしろ、あまり褒められない方法ですり寄ろうとした地元の有力者をきっぱり拒絶し、市民およびしかるべき団体や企業の提供した正しい資金だけで、大事業を成し遂げたこと。

『そこに、政治家としての野心がなかったとは言わない。しかし、その野心は至極まっとうであった。民のための野心であった』

そう書いた上で、藪北さんは『しかし今、内閣官房長官となった大谷議員はどうだろうか?』と疑問を投げかけ、取材で集めたいくつかの決定的な証拠により、大手ゼネコンからの現金授受の事実があったことを断定していた。

『政治家として生きた長い日々が、いかなる困難あるいは利益を彼にもたらしたのか、我々は想像するしかない。しかし、その日々が今回の行動につながったのであれば、非常に残念なことだ。梨木香歩氏の小説『家守綺譚』には、「葡萄《ぶどう》」という短編が収録されている。この世とあの世の境目のような異界の広場で、主人公は魅惑の葡萄を薦められるが、食べない。長くなるが、その時の主人公の心持ちをここに引用したい。

《――拝聴するところ、確かに非常に心惹《ひ》かれるものがある。正直に云《い》って、自分でも何故葡萄を採る気にならないのか分からなかった。そこで何故だろうと考えた。日がな一日、憂いなくいられる。それは、理想の生活ではないかと。だが結局、その優雅が私の性分に合わんのです。私は与えられる理想より、刻苦して自力で摑む理想を求めているのだ。こういう生活は、

私は、一瞬躊躇《ためら》ったが勢いが止まらず、

――私の精神を養わない。

言い切ると、周りはしんとした。》

政治家にとって、地位や名誉そして金が葡萄だ。民と共に住むこの世と、大義名分の皮をかぶった有象無象がうごめくあの世の境目で、常に葡萄を薦められる。しかし民のために生きると決めた者は、やはり最後までその葡萄を食べてはいけないのではなかろうか？その気概と誇りを持ちつづけてほしいと願うのは、古くて甘い意見だろうか？』

それは記事というよりコラムに近い文章だった。

「こんなのがよく政治欄に載ったな」とヤスさんも驚いている。

「台風のおかげだって、藪北さんが言ってました。あの日の関東地方の大停電のせいで、何本かの原稿が落ちたそうです。それでできた空きに、たまたま自分の原稿がぴったりの文字数だったので、やむを得ずそのまま採用された、と」

「本当かなあ」

へらりと笑う藪北さんの顔が浮かんで、僕は首をひねる。藪北さんなりのわかりづらい謙遜じゃないだろうか。あの人は「ふぬけ」を自称しているけれど、本当はずっと柔軟でしたたかな大人である気がする。

「いずれにせよ、今回のスクープでリストラは免れたそうです。それにこの記事がネットを中心に評判となって、無事、政治部から生活・文化部に戻れることになったみたいですし」

「そりゃ、よかったな。記者にも適材適所ってもんがあるだろう」

ヤスさんの邪気のない言葉に、僕と栖川さんもコクコクとうなずいた。

そんな僕の顔をじろりと睨み、ヤスさんが顎を突き出す。

「ていうか、ここでさぼってんじゃねぇよ、坊っちゃんバイト。常備入替に備えての抜き出し作業は終わったのかよ？　いつまで経《た》っても段ボールが片付かねぇぞコラ」

「すみません、ヤスさん」

僕があわててバックヤードへ向かおうとすると、「おい」と呼び止められる。

「その『ヤスさん』って呼び方、どうにかしろ」

「え、何でですか？」

僕が振り向くと、ヤスさんは気まずそうに首をこきこき鳴らせた。

「何か、ちょっと、その……ガラ悪くねぇか？」

「そんなことないよ」と会話に入ってきたのは、槙乃さんだ。

「ヤスもヤスくんもヤスさんも、すてきな呼び名だと思うよ」

「いやいや、ヤスさんだけは別だろ。ヤーサンって聞こえちまう恐れが――」

「気にしすぎだ」

栖川さんに美声でなだめられ、ヤスさんは奥に引っ込んだ目をくるくる回した。なおも不満そうに口をとがらせていたが、自動ドアがひらくと同時に「客だぞ」とぱっと顔をかがやかせる。

「よっ、らっしゃい」

「いらっしゃいませ」

「いらっしゃい」

「〈金曜堂〉へようこそーっ！」

オーナーのヤスさんにつづいて、僕ら書店員の声が弾みをつけて並んだ。

ささやかで個人的な本の話――あとがきにかえて

各話に登場した本にまつわる、ささやかで個人的な話をしたいと思います。

庄司薫『白鳥の歌なんか聞えない』

高校一年生の初詣の帰りに、『赤頭巾ちゃん気をつけて』を鎌倉の古本屋で見つけ、「小説って、こんなにやさしい言葉で、こんなにむずかしいことが書けるんだ！」と衝撃を受けてから、薫くんシリーズ四部作探しの長い旅がはじまりました。

当時、新刊を扱う本屋の棚にこのシリーズが置かれていることはあまりなく、ネット書店はまだこの世に存在せず、おのずと古書を扱う本屋をめぐる機会が増えたものです。『白鳥の歌なんか聞えない』は神保町《じんぼうちょう》の古本屋で手に入れました。ページの黄ばんだ文庫が積み上がった束の中から、そのタイトルが目に飛び込んできた瞬間の、全身が総毛立つ感覚、思わず胸いっぱいに吸い込んでしまった古い埃《ほこり》のにおいを、今でも覚えています。

結局、四作品全部を自分の本棚に並べるまでに、十年以上かかりました。その後、新潮文庫から装いも新たに四部作が連続刊行された時は、嬉《うれ》しかったなあ！　紀伊國屋《きのくにや》書店の新宿本店（シリーズ最終作『ぼくの大好きな青髭《あおひげ》』で印象的な舞台となっています）にわざわざ出かけていって、洒落《しやれ》た表紙の『白鳥の歌なんか聞えない』を買い直したものです。

レイモンド・チャンドラー『長いお別れ』

出会いは図書館です。当時の私は勤めていた会社を辞めたばかり。とにかく暇がありすぎて、でもお金はなくて、図書館に日参していたのです。

町の小さな図書館だったので、自分の読みたい本はすぐに読み尽くしてしまい、どうしたものかと悩んだ末、自分の敬愛する作家が「よい」とする小説を読むことにしました。『長いお別れ』を「よい」としていたのは、村上春樹さんでした。ちなみに、村上さんの小説もまた、やさしい言葉でむずかしいことが書いてあって、私は大好きなのです。とはいえ、みずから読もうと思ったことのないジャンルの長い物語。途中、何度も休憩を挟みながらの読書でした。失業中の身でなければ、挫折していたかもしれません。

本書の第2話を書くにあたって、村上春樹訳の『ロング・グッドバイ』と清水俊二訳の『長いお別れ』を両方、本屋で買ってきました。自分だけの本を手に入れたことで、猪之原さん並みに傍線を引いたり付箋《ふせん》を貼ったりできて、図書館で借りた時よりしっかり読みこめた気がします。どちらの訳にも味があり、二冊ともほぼ一気読みでした。

いつのまにかこの小説は、私自身が「よい」と思う小説になっていたのです。

ミヒャエル・エンデ『モモ』

スーパーに併設された小さな本屋の棚に並んだ本の中から、その一冊が目に飛び込んできたのは、たった二文字のいさぎよいタイトルのせいかもしれません。

小学四年生だった私は、何気なく手に取り、立ち読みをはじめました。すぐにやめられなくなり、閉店時間まで読みふけったものです。そして「ちょっと待っていてください」と店主に無理を言って家にいったん帰り、お小遣いを握りしめて、買いに戻ったのでした。

そこまで夢中になっておきながら、何回か経験した引っ越しのどこかで、私は大事なその本をあっさりなくしました。すぐに買い直さなかったのは、私にとっての『モモ』はあの日のあの場所だから出会えた魔法のようなもので、あの町の小さな本屋の棚にあった『モモ』以外の『モモ』は「ちょっと違う」と本気で思っていたからです。バカな話ですが、事実です。そういう変な思い入れが、長くありました。

本書の第3話で取り上げることになって、「買うぞ」と覚悟を決めたわけですが、ふと配偶者の本棚を見たら、あの日あの小さな本屋にあったのと同じ単行本が鎮座ましましているではありませんか！　私が気づかなかっただけで『モモ』はずっと共にあったのです。

やっぱり、魔法のような本です。

梨木香歩『家守綺譚』

昔から私は、生活と地続きのファンタジーが好きです。「四畳半ファンタジー」と勝手に名付けているのですが、ちょっと手を伸ばせば触れそうな、ささやかでふしぎな話が、いつだって読みたくて、また書きたくて、たまりません。

引っ越した先の本屋でこの本の表紙と帯を見た時、「これは私の好きなふしぎが詰まった本だ」とわかりました。特に帯。文字のフォントも宣伝文句も最高にちょうどよくて、『家守綺譚』という物語の紹介文が、すでに物語になっていたのです。

いろいろ不安だった新しい町での新生活も、読みたい本が一冊見つかっただけで「なんとかなるさ」って気分になれるのだから、本ってありがたいものです。実はその帰り道に迷って、家に着くまで十五分のところが一時間かかったのですが、くたくたになってひらいた本が、期待どおりのふしぎにあふれた、静かで豊かな物語だったので、飛び上がるほどうれしく、疲れなんて吹っ飛びました。

これからもたくさんの「よい」本に出会えることを、そして『金曜日の本屋さん』が誰かにとっての「よい」本となることを、ともに願ってやみません。

最後まで読んでいただき、ありがとうございました。

名取佐和子

金曜日の本屋さん おすすめ本リスト

すべての本に敬意を込めて

本文中で引用させていただいた本

庄司 薫
『白鳥の歌なんか聞えない』（新潮文庫　二〇一二年）

レイモンド・チャンドラー
『長いお別れ』 清水俊二 訳（ハヤカワ・ミステリ文庫　一九七六年）

ミヒャエル・エンデ
『モモ』 大島かおり 訳（岩波書店　一九七六年）

梨木香歩
『家守綺譚』（新潮社　二〇〇四年）

本文中に登場した本

トーン・テレヘン『だれも死なない』長山さき訳（メディアファクトリー　二〇〇〇年）／チャールズ・M・シュルツ『A peanuts book featuring Snoopy (1)』（角川書店　一九九〇年）ほか、谷川俊太郎訳／井上雄彦『SLAM DUNK（スラムダンク）』全31巻（ジャンプ・コミックス　一九九一～九六年）／松田尚正『HI5!（ハイ・ファイブ）』全6巻（少年マガジンコミックス　一九九三～九四年）／八神ひろき『DEAR BOYS（ディアボーイズ）』全23巻（講談社コミックス　一九八九～九七年）／五十嵐貴久『ぼくたちのアリウープ』（PHP文芸文庫　二〇一五年）／松崎洋『走れ！T校バスケット部』全10巻（幻冬舎文庫　二〇一〇～一五年）／平山譲『ファイブ』（幻冬舎文庫　二〇〇七年）／ダーシー・フレイ『最後のシュート』井上一馬訳（福音館書店　二〇〇四年）／庄司薫『赤頭巾ちゃん気をつけて』（新潮文庫　二〇一二年）／庄司薫『さよなら快傑黒頭巾』（中公文庫　一九七三年）／庄司薫『ぼくの大好きな青髭』（中公文庫　一九七二年）／ケン・リュウ『紙の動物園』古沢嘉通訳（新☆ハヤカワ・SF・シリーズ　二〇一五年）／田丸雅智『海色の壜』（出版芸術社　二〇一四年）／仁木悦子『探偵三影潤全集』1～3巻（出版芸術社　二〇〇五年）／レイモンド・チャンドラー『ロング・グッドバイ』村上春樹訳（ハヤカワ・ミステリ文庫　二〇一〇年）／古舘春一『ハイキュー!!』（1～22巻）（ジャンプ・コミックス　二〇一二年～）／レイモンド・チャンドラー『大いなる眠り』双葉十三郎訳（創元推理文庫　一九五九年）／レイモンド・チャンドラー『大いなる眠り』村上春樹訳（ハヤカワ・ミステリ文庫　二〇一四年）／志水辰夫『飢えて狼』（新潮文庫　二〇〇四年）／サン＝テグジュペリ『星の王子さま』河野万里子訳（新潮文庫　二〇〇六年）ほか／なかがわりえことおおむらゆりこ『ぐりとぐら』（福音館書店　一九六七年）／「こどものとも」（福音館書店　一九五六年～）／開高健『オーパ！』（集英社文庫　一九八一年）／ジョーン・G・ロビンソン『思い出のマーニー〈上・下〉』松野正子訳（岩波少年文庫　二〇〇三年）／江國香織『つめたいよるに』（新潮文庫　一九九六年）／なかがわちひろ『カッパのぬけがら』（理論社　二〇〇〇年）

＊登場順に、できるだけ手に入りやすい版を記しました。ただし、品切れや絶版の本もあります。

本書は、「ランティエ」二〇一六年二〜五月号
に連載したものに、加筆修正を加えた作品です。

ハルキ文庫

な 17-1

金曜日《きんようび》の本屋《ほんや》さん

著者 名取佐和子《なとりさわこ》

2016年 8月18日第一刷発行
2024年10月28日第七刷発行

発行者 角川春樹

発行所 株式会社角川春樹事務所
〒102-0074 東京都千代田区九段南2-1-30 イタリア文化会館

電話 03(3263)5247(編集)
03(3263)5881(営業)

印刷・製本 中央精版印刷株式会社

フォーマット・デザイン 芦澤泰偉
表紙イラストレーション 門坂 流

ISBN978-4-7584-4029-5 C0193 ©2016 Sawako Natori Printed in Japan
http://www.kadokawaharuki.co.jp/[営業]
fanmail@kadokawaharuki.co.jp[編集] ご意見・ご感想をお寄せください。